PIEN

Grande ✦ Nature

Collection dirigée par
Michèle Gaudreau

PIEN

MICHEL NOËL

ÉDITIONS
MICHEL
QUINTIN

Données de catalogage avant publication (Canada)

Noël, Michel, 1944-

Pien

(Grande nature)
Pour les jeunes de 12 à 16 ans.

ISBN 2-89435-084-8

1. Noël, Michel, 1944-   – Romans pour la jeunesse. I. Titre. II.
Collection.

PS8577.O356P53   1996   jC843'.54   C96-940887-0
PS9577.O356P53   1996
PZ23.N36Pi 1996

Illustration: Frédéric Back

Infographie: Tecni-Chrome

ISBN 2-89435-084-8
Dépôt légal - Bibliothèque nationale du Québec, 1996

1 2 3 4 5 6 7 8 9 0 I M L 9 8 7 6

Imprimé au Canada

En hommage à Flore,
Jean-Paul, Micheline et André

Chapitre 1

Ma mère dans le dictionnaire

C'est la période d'épellation. Je déteste l'épellation. J'ai une sainte horreur des dictées. Elles me donnent mal au coeur, des crampes dans le ventre. J'en fais des cauchemars la nuit. Je ne connais pas l'orthographe des mots. La grammaire, ça ne m'intéresse pas non plus. Ça m'entre par une oreille, ça me sort par l'autre. Une voix dans mon for intérieur me dit que j'ai mieux à faire, et plus intéressant, que de la grammaire. Alors la maîtresse, Mme Fleury, me tape sans cesse dessus. Son désir le plus cher c'est que je sois premier, et j'arrive toujours bon dernier.

J'aime être ailleurs que dans la classe. Partir en pensée. Mais c'est dangereux. Quand je suis loin, Mme Fleury en profite pour me prendre par surprise. Sournoise, elle arrive par derrière sans m'avertir, pour me secouer, me ramener sur terre, comme elle dit, ou encore «me sortir de la lune».

Un jour où tout va bien, elle me crie à brûle-pourpoint:

— Pien, réveille-toi, c'est ton tour. Épelle-moi le mot flore!

Flore? Je suis surpris. Flore... Ça me met la puce à l'oreille. Pourquoi Flore? Qu'est-ce qu'elle cherche? Je la regarde avec méfiance en plissant mes yeux bridés. Elle me relance, insiste sur chaque son: «FF-LL-OO-RR-EE». On dirait une perdrix montée sur ses ergots. Son manège me donne le temps de respirer et de retomber sur mes pattes.

Je réponds du tac-au-tac — pour une fois que je suis sûr de moi! — en articulant fermement chaque lettre comme un crieur au bingo: F-L-O-R-E, FLORE!

— Et qu'est-ce que ça veut dire?

Là, je perds pied. Je me dégonfle. Épeler, ça va, mais plus que ça... je rougis comme

une framboise mûre, prête à tomber du
framboisier au moindre souffle de vent.
J'ai chaud.

— Ben, madame, vous le savez, voyons,
c'est le prénom de ma mère.

Je ne réponds pas cela pour être déplai-
sant, malfaisant, l'insulter, me moquer
d'elle, pas du tout! Ce n'est pas mon genre.

Les plus grands de la classe éclatent de
rire bruyamment. Les plus petits, pas plus
intelligents, suivent comme des moutons.
Nous sommes une douzaine d'élèves de la
première à la septième année, de six ans à
dix-sept ans, dans la même classe. C'est de
toute façon la seule classe de l'école. Moi je
suis en troisième année. La maîtresse me
place avec les grands même si, à l'époque,
je n'ai que dix ans.

(Dans ce temps-là, j'hésitais quand on
me demandait mon âge. J'y pensais à deux
fois avant de répondre. Parfois je me
trompais. La maîtresse me disait que je
n'avais pas de mémoire, que j'étais
toujours loin derrière, loin devant, mais
jamais au milieu avec tout le monde.
Quand elle me demandait de lui dire
l'heure, je la lui donnais aux heures justement. Les minutes et les secondes me

passaient cent pieds au-dessus de la tête.
Et quand je lui racontais ce que j'avais fait
en fin de semaine, je commençais souvent
par la fin : « Ce matin je suis venu à l'école,
cette nuit j'ai dormi. Hier, au souper, on a
reçu M. le curé, en après-midi je suis allé à
la pêche avec papa. »)

Bref, la maîtresse se tourne vers le plus
vieux de la classe.

— Jean...

Ah oui ! C'est lui, la septième année. Il a
dix-sept ans et s'appelle Jean Gauthier. Un
grand efflanqué. Jean a l'air d'un orignal
avec son petit corps, sa grosse tête, ses
longues oreilles. Du haut de ses pattes fines
il ne voit pas plus loin que le bout de son
nez. Il a du flair, mais il est myope. Et nous
l'admirons beaucoup car, de toute la classe,
c'est le plus rapide à la course. D'ailleurs,
nous prenons plaisir à le chronométrer. Il
fait le tour du lac Rond, près de l'école, en
quinze minutes. Un record de tous les
temps. La récréation dure quinze minutes,
ni plus, ni moins. Ceux qui essaient de faire
mieux que Jean sont punis car ils arrivent
toujours en retard !

Donc Mme Fleury lui demande, en toute
confiance :

— Jean, trouve-moi le mot FFLLOORREE dans le dictionnaire.

Le grand Jean se déplie lentement, comme un accordéon. Il s'accroche à deux mains à son pupitre vissé au plancher, enjambe sa chaise, traverse la classe tout dégingandé, penché par en avant comme un petit tremble sous une grosse brise. Il a l'air de la tour de Pise illustrée dans notre livre de deuxième année au chapitre des P.

Jean prend le seul dictionnaire de l'école. Un vieux livre épais, gonflé, la tranche grisonnante et le dos éreinté, couvert d'un épais papier brun ciré. C'est ma grand-maman qui l'a recouvert, il y a bien longtemps. Elle l'avait offert à mon père quand il allait à l'école à Kazabazua[1]. C'est un objet précieux. Mme Fleury place le gros livre bien en vue sur le coin de son pupitre monté sur la tribune. (Quand elle me garde le soir après l'école pour laver le tableau, j'en profite pour lire la dédicace, écrite à la plume fontaine sur la première page blanche. Je la lis et la relis : *À mon fils Shepouln de la part de sa chère mère Léa, en gage d'amour.*)

---

[1] Village de la Gatineau. Veut dire « rivière souterraine » en algonquin.

Mme Fleury me demande de laver le tableau noir, de secouer les brosses, parce que je suis grand. Ma grandeur me suit partout et me rend de grands services. Je n'ai même pas besoin de monter sur le petit banc de la maîtresse, moi, le petit banc bas, près du tableau, que Mme Fleury garde précieusement pour les petits. Le sien, celui sur lequel elle s'assoyait pour «tirer les vaches à l'heure du train», chez elle, sur la terre. C'est un banc qui vient de loin! Je ne m'en sers pas, mais je l'aime bien. Il est beau, en bois brun patiné par le temps et les milliers de fonds de culotte qui s'y sont frottés soir et matin, trois cent soixante-cinq jours par année, de vache en vache, de pis en pis.

J'aime le petit banc de Mme Fleury car il a une histoire, de la vie, une âme. Une fin d'après-midi en le transportant, j'ai trouvé qu'il sentait encore la vache et l'étable. Ça m'a fait plaisir et je l'ai dit. La maîtresse en a profité pour, mine de rien, parler de mon père. M. Larivière par-ci, M. Larivière par-là. Mon père l'intéresse... peut-être parce que c'est lui qui l'a engagée pour nous faire la classe?

Mais je reviens à mon histoire. Jean, plié en deux, cherche toujours. Comme un renard qui flaire une piste de lièvre. Avec son majeur qu'il a mouillé sur le bout de sa grande langue, il feuillette les vieilles pages sèches, jaunies et qui craquent dangereusement.

Jean marmonne pour ne pas se perdre dans le dictionnaire grand ouvert.

— FLLLLAA...

— Tu gèles, tu gèles, lui crie la maîtresse du fond de la classe.

— FLLLOOO...

— Tu chauffes, tu chauffes... (pour l'encourager)

— FLORAL!...

— Tu brûles! Tu brûles! (tout énervée)

— FLLOORALIIES... Non! Maudite marde c'est pas ça!

En classe Jean est poli, réservé. Il se contente de dire « maudite marde » à l'occasion. Jamais plus. Mais dehors, dans la vraie vie, il sacre comme un charretier. Il imite son père qui mène les chevaux et entretient l'écurie.

— FLORAALIEE... FLO... FLORE! Voilà! s'écrie-t-il, triomphant, le sourire fendu jusqu'aux oreilles comme s'il venait de gagner le gros lot au bingo.

Mon camarade écrase le mot dans le dictionnaire du bout de son index pour ne

pas le perdre de vue. Je suis intrigué. J'ai de
la difficulté à le croire. «Flore», le nom de
ma mère, dans le dictionnaire de mon père?

— Lis bien ce qui est écrit, ordonne la
maîtresse.

Ça tombe bien, Jean est le meilleur
lecteur de l'école! Il lit comme Mme Fleury:
le corps raide comme un piquet de cèdre,
la bouche en trou de cul de poule. Et le
voilà qui se prend tout à coup pour
quelqu'un d'autre: l'inspecteur d'école en
visite, le curé du haut de sa chaire ou un
annonceur à la radio de Radio-Canada... Il
se racle la gorge, tousse, se gratte la nuque,
et, les yeux pleins d'eau comme un chien
qui vient d'avaler un gros «o[1]» de travers,
il commence:

— Flore, nom féminin!

Jusque-là, pas de surprise pour moi. Ça
va. Tout le monde sait que c'est féminin.
Ma mère, même si elle ne parle à
personne, même si elle ne sort presque
jamais de la maison, est connue de toute la
classe.

Jean poursuit sa lecture. Dans ma tête je
lis mot à mot sur ses lèvres.

— Bon. Je recommence. Flore! Nom
féminin du latin *flora*.

---

1 À l'époque on dit: un «o» plutôt qu'un os.

La classe qui ne s'y attend pas croule de rire : Flora ! Flora ! Ils n'en reviennent pas. Pour tisonner[1] ma mère, mon père l'appelle Flora. Elle n'aime pas ça et se renfrogne. S'ils savaient que Flora est dans le dictionnaire... Quand il l'appelle Flora à la maison, nous prenons le risque de rire, ma sœur et moi, sauf quand ils ont pris un verre de trop, tous les deux. Ces jours-là, c'est moins drôle.

Jean piaffe. Il commence à s'impatienter.

— Flore ! Nom féminin. Du latin *flora*. Ensemble des espèces végétales croissant dans une région, un milieu donné. Exemples : la flore laurentienne ; la flore et la faune.

Jean s'arrête net, souriant de toutes ses dents. Il a tout dit. Mission accomplie ! Il claque les couvercles cartonnés du gros dictionnaire en les rabattant d'un geste sec entre ses deux énormes mains, et retourne se replier sur son pupitre.

La maîtresse profite du bel effet de son élève pour enchaîner avec une tirade tout ce qu'il y a de plus savant...

— Mes amis, la flore c'est tout ce qui pousse. Regardez par la fenêtre !

Cette phrase lui échappe certainement. Pour une maîtresse qui de tout temps nous

---

2 Agacer.

interdit formellement de regarder dehors...
Nous nous précipitons à la fenêtre. Avoir été
dans une chaloupe nous aurions chaviré !

— Regardez les gros sapins verts, si fiers,
les longues épinettes noires chevelues, les
vieux bouleaux blancs barbus. Et plus loin,
là-bas, admirez les nénuphars flottant dans
l'étang au gré du vent. Les joncs, les herbes
et les petites fleurs sauvages... Mes amis,
c'est ça la flore !

— Et la faune c'est quoi ? demande
Roger, le petit futé de la première rangée.

— Heuuu... hé bien... la faune ? La faune
c'est... c'est le contraire. C'est ça ! Le
contraire ! Ce sont tous les animaux
sauvages : les orignaux, les ours, les
castors, les lièvres, les grenouilles. C'est...
c'est tout ce qui vit dans la flore. Voilà ! La
faune vit dans la flore. C'est pourquoi nous
disons, comme dans le dictionnaire, la flore
et la faune !

La pauvre Mme Fleury est à bout de
souffle.

Moi, au fond de moi-même, je ne sour-
cille pas. Je reste froid comme un bloc de
glace. Je ne sais pas quoi penser. Alors,
comme d'habitude, j'arrête le temps. Stop !
Je me clôture. Dans ma tête et dans mon

coeur, plus rien ne bouge. Les bras et les chevilles croisés, les paupières plissées pour mieux me concentrer, je me fais penser à mon père, tiens. Assis d'aplomb sur ma chaise de bois, juste en dessous du grand crucifix noir cloué au mur, j'ajuste mon tir.

Soudain, je sens une pensée germer. Une pensée longue, profonde, qui s'enracine, une pensée entière qui ne laisse de place à aucune autre, comme quand une cane couve ses oeufs dans son nid. Je n'ai jamais rien pensé de ma mère et là, pour la première fois, à dix ans, je pense qu'elle a un bien beau nom. Je répète le mot pour moi-même : Flore... Flore... Puis émerge du silence, du ventre de la terre on dirait, son nom de famille : Saint-Amour. Flore Saint-Amour ! Ma mère s'appelle Flore Saint-Amour. Je suis convaincu que la flore ça ne lui dit rien, même moins que rien. Je me demande... Je me demande si elle sait au fond ce que veut dire son nom. Un si beau nom. Flore Saint-Amour, la flore et l'amour. Son nom m'émeut, j'en ai les larmes aux yeux, le motton dans la gorge. Je ne pourrais pas parler si on me le demandait. Ça me fait mal.

Heureusement, Mme Fleury sonne la cloche à vache. C'est la ruée vers la porte.

Mush m'attend en frétillant de la queue sur la galerie. Je sors en trombe et je lui crie en courant :

— Viens, Mush ! Viens !

Au lieu de traverser le chemin de terre pour rentrer à la maison, ou d'aller faire un tour à la cuisine du camp des bûcherons, à deux pas, je me réfugie en forêt. Sous le couvert des arbres, nous suivons lentement le sentier familier qui fait le tour du lac Rond. J'ai peur. Une peur poignante de ressembler à ma mère.

Mush, c'est le chiot épagneul que mon père m'a donné à ma naissance pour qu'il m'accompagne dans la vie. Un cadeau traditionnel dans sa famille. Le chien et moi, nous grandissons ensemble. Nous partageons nos joies, nos peines, nos jeux, nos espoirs. Nous fêtons nos anniversaires le même jour. Mush est d'une espèce rare avec de larges oreilles qui traînent jusqu'à terre. J'en suis très fier.

Chapitre 2

Les Indiens reviendront-ils ?

Le printemps, j'attends avec impatience le retour des Têtes de boule[1]. La débâcle de la rivière Matamek[2], qui coule derrière la maison, et les premiers voiliers d'outardes cinglant en formation vers le nord sont les signes avant-coureurs de leur arrivée. Le campement d'été des Indiens est situé derrière chez nous, de l'autre côté de la Matamek. De chez moi je vois bien, surtout tard l'automne et tout au long de l'hiver, les structures de leurs tentes : des perches longues, squelettiques, réunies en faisceaux dispersés dans une belle pinède.

L'hiver, il m'arrive de traverser en raquettes la Matamek gelée. Les devinant sous la

---

1 Autre nom du peuple algonquin en langue innue.
2 « Petite truite » en algonquin.

neige épaisse, je suis scrupuleusement les sentiers qui serpentent entre les pins centenaires. Je vais d'une tente vide, déserte, à l'autre; ici les Ratt, là les Ténasco, près du ruisseau les Brascoupé, les Whiteduck, les Rankin, les Twenish... Tous ces noms me font rêver. Je vois des visages, des sourires, des yeux, des gestes. J'entends des voix, des chants.

Un sentiment étrange m'habite. Les Indiens ne sont pas là mais leur présence est forte, palpable dans le paysage.

Un ancêtre a sculpté un masque dans le tronc rond d'un tremble géant qui se dresse sur une petite butte. Ses grosses veines tordues serpentent à fleur de terre puis s'enfoncent dans le sol. Le bois blanc, toujours vivant, a grisonné, s'est ridé aux pommettes, fendillé au front. On dirait un vieux sage sorti de la nuit des temps.

Je sais au fond de moi-même que cette sentinelle me surveille en silence, qu'elle veille sur moi. J'ai la conviction d'être accepté d'elle car j'aime ce lieu. Je m'y sens en sécurité. Bien dans ma peau.

Je caresse l'ossature des tentes, l'écorce des arbres figés comme des statues, et je parle au vieux sage. Par timidité, c'est à moi que je parle pour lui parler. Alors toute sa chaleur et sa sérénité m'envahissent. Il sait plus que quiconque qui je suis, ce que je sais, ce que je pense. Je n'ai pas de secrets pour lui.

Sous l'épaisse couche de neige qui ondule, je vois déjà les foyers, les séchoirs, les fumoirs, les cordes de bois sec prêt à s'enflammer. Sous les pins émerge la tête blanche des croix du petit cimetière. De ces croix il y en a partout sur le vaste territoire des Algonquins : au pied des chutes, à la croisée des portages, sur la cime des montagnes.

Les Têtes de boule tardent à arriver. Je m'inquiète. Où sont-ils ? Vont-ils revenir cette année ? J'ai hâte de revoir Mary et mes compagnons de jeux.

— Ne t'en fais pas, me rassure mon père, ils vont arriver sans même que tu t'en rendes compte. Ils viennent ici tous les étés depuis des centaines... peut-être des milliers d'années.

Mon père Shepouln a le visage ovale, les pommettes saillantes, des yeux bleu ciel qui jurent avec son teint basané et qui trahissent ses origines métisses. Il m'explique que la neige est encore au sol, que la chasse à l'orignal a été bonne. C'est pour cela qu'ils tardent.

Puis, en me montrant la rivière, il me fait remarquer que l'eau est encore haute, qu'elle est brunâtre, qu'elle charrie des troncs d'arbres, qu'elle est donc dangereuse à naviguer en canot d'écorce. Et il conclut:

— Surveille les outardes, ils ne sont jamais loin derrière!

Tous les matins de juin, en sortant de la maison, je mets le nez au vent, je regarde longuement de l'autre côté de la rivière pour voir s'il n'y a pas de fumée dans l'air.

Dès le premier signe de vie, j'accours sur la falaise. Je me dresse sur la butte la plus haute, au milieu des longues herbes folles, pour que, sur l'autre rive, on sache que je suis toujours là. Je sais qu'on me voit sur-le-champ. Les chasseurs ont l'oeil vif, instinctif, qui balaie sans cesse l'horizon.

Dès qu'une famille algonquine met pied à terre, elle allume un feu. C'est la coutume, la première chose à faire, pour chasser les moustiques, chauffer le thé. Puis tout le clan s'y met, y compris les enfants. L'un entasse le bois sec, l'autre allume l'écorce de bouleau, un troisième puise l'eau fraîche à la source pure. L'aînée suspend la chaudière à thé noircie de suie, toute cabossée d'avoir si longtemps, si souvent servi. Elle fera du thé noir, épais, amer, la boisson sacrée qui donne de l'énergie et du courage.

En peu de temps les canots sont déchargés de leurs paquetons. Les toiles légères sont tirées, déployées, montées sur les perches. Les tentes blanches sont imposantes, fières, invitantes.

De mon observatoire, je regarde les femmes et les jeunes filles repartir en canot et revenir bientôt avec une énorme charge de rameaux de sapinage vert tendre empilés au milieu de l'embarcation. Elles coucheront les branches sur le sol de la tente, une à une, en cercle, pour former un moelleux tapis vert très odorant.

Sur l'autre rive, les chiens aboient. Mush leur répond. J'attends patiemment, rassuré. Chaque chose en son temps. Plus rien ne presse, car la glace est brisée. Nous savons de part et d'autre que nous sommes là.

Je reconnais les silhouettes : Mary Twenish, son mari, ses enfants, les grands-parents, tout le clan. (Mary vient souvent l'été à la maison sous prétexte de voir ma

mère. En réalité elle cherche mon père
avec qui elle a des liens éloignés de
parenté. Elle vend à Flore quelques
paniers en écorce de bouleau qu'elle a
fabriqués avec ses filles — tellement
nombreuses, dit mon père en riant, qu'il a
renoncé à les compter. Ma mère achète les
paniers pour faire plaisir à mon père.
Mary nous apporte aussi un foie frais
d'orignal. Elle le donne à ma mère, comme
le veut la tradition, mais je sais que c'est
pour mon père.)

Quelqu'un de l'autre côté de la rivière
met un canot à l'eau! Je dévale la falaise,
pieds nus, enfonçant jusqu'aux chevilles
dans le sable humide. Juste à temps,
j'attrape la pince[1]. Doucement, je hisse
l'embarcation à moitié sur la plage. C'est
Dominique, un compagnon de jeu des étés
derniers.

— *Kwe! Kwe!* Dominique.
— *Kwe! Kwe!* Pien.
— Comment ça va?
— Bien. Et toi?

Une fois les deux pieds sur terre,
Dominique s'appuie sur son aviron et me
dit, ses yeux noirs étincelants de fierté:

— C'est mon canot.

---

1 Devant du canot.

— Ah oui ? Tu as ton canot à toi ?

Je suis émerveillé. Il en a de la chance. Son propre canot !

— Je l'ai construit avec mon père, avec l'écorce d'un bouleau de la montagne.

Je vois qu'il est content : yeux vifs, pommettes cuivrées, joues brûlées par le soleil et le vent, lèvres épaisses, rieuses. Tout à coup, Dominique me semble différent. Ses traits se sont affermis. Il est plus costaud. Sa voix est grave. Nous nous sommes perdus de vue pendant les sept longs mois d'hiver. Il est tout aussi sympathique mais je vois, je sens qu'il s'est transformé... Moi aussi... peut-être ?

Il a son canot à lui, cela veut tout dire. Il est maintenant le compagnon de chasse de son oncle, et même, on lui choisira une compagne sous peu. À son âge, chez lui, on se marie.

— Il est léger comme une plume !

Mon ami agrippe fermement son canot des deux mains ; d'un coup de reins habile, il le soulève, le fait pivoter dans les airs et le renverse sur son dos et ses épaules.

— Je suis une tortue. Je transporte ma maison, dit-il avec le sourire.

Il est très beau, son long canot. Façonné dans une seule pièce d'écorce de bouleau blanc, il est cousu de racines d'épinette, gommé de résine de pin, laminé de planchettes de cèdre. Sa mère l'a orné à la poupe et à la proue d'un dessin de grosses perdrix grises gonflées, les plumes de la queue en éventail, prêtes à s'envoler.

Nous n'avons pas coutume de nous faire des compliments ni de manifester trop ouvertement nos sentiments mais là, spontanément, je dis à Dominique, la voix rauque et avec une pointe d'envie :

— Il est beau ton canot. Bravo !

— *Miguetsh !*[1] Tiens...

D'un geste vif il sort de son manteau un canot miniature, une réplique du sien.

— On l'a fabriqué en même temps que le grand.

— *Miguetsh ! Kitchi Miguetsh !*

— Cet hiver, on a manqué de farine.

— OK ! Allons voir Shepouln à l'*office*. Il a tout ce qu'il te faut dans le *vanroom*[2].

Mon père est commis de chantier à la Compagnie. Il est tout aussi heureux que moi de voir Dominique.

— *Kwe ! Kwe !*

— *Kwe ! Kwe !*

Ils se parlent en algonquin. Shepouln sait questionner doucement, mine de rien,

---

[1] Merci.
[2] Entrepôt.

sans indisposer. Au fil de leur entretien, il apprend que tout va bien, que l'hiver a été agréable, la chasse bonne, le trappage fructueux, quels ont été les accidents, les décès, les naissances. Leur dialogue est troué de longs silences éloquents.

Dominique est porteur d'un message qu'il glisse avec finesse dans la conversation. Le Chef aimerait que Shepouln l'accompagne au poste de la compagnie de la baie d'Hudson, au lac Cabonga, pour échanger ses fourrures. C'est-à-dire qu'il l'y amène en auto (nous sommes les seuls à accepter de voyager avec les Indiens). Mais je comprends que cette demande en cache une autre, plus grave, et que le Chef nous rendra bientôt visite lui-même.

Dominique part rassuré, une poche de cinquante livres de farine Robin Hood sur l'épaule gauche.

Chapitre 3

La coupe à blanc

Nos voisins vivent la nuit, comme les castors. Quand ils viennent chez nous, ils entrent à pas feutrés, sur la pointe de leurs mocassins en peau d'orignal fumée. Mon père dit d'eux qu'ils sont silencieux comme l'obscurité qui descend sur la forêt au crépuscule.

Ils arrivent à deux ou trois, au coeur de la nuit ou au point du jour, tirent des chaises près du poêle, s'assoient en demi-cercle. Il y a toujours du thé tiède pour eux sur le réchaud et une pile de diches[1] en fer blanc pour siroter le thé. Pendant ce temps, leur femmes et leurs enfants attendent dans les canots amarrés ou encore assis dans l'herbe

---

1 Tasses sans anses en tôle. De l'anglais *dish*.

sur la rive. Nos visiteurs ne bougent presque pas. Ils parlent peu, fument beaucoup, surtout la pipe — une pipe courte à gros foyer qui se cache au fond de la main, se range dans la poche et s'emporte dans la tombe pour fumer dans l'autre vie.

Nous savons qu'ils sont là, dans la cuisine, qu'ils attendent. Mon père, lui, attend les premiers signes du jour pour les rejoindre. C'est la coutume. Enfin, lentement, il sort de sa chambre. Je marche sur ses talons.

— *Kwe! Kwe!* Matchawan!

— *Kwe! Kwe!* Shepouln!

Mon père jette un coup d'oeil furtif par la fenêtre, pour la forme.

— Une belle journée qui s'annonce, constate-t-il machinalement.

Les visiteurs sont satisfaits. Ils opinent en tirant de grosses bouffées bleues. Leur hôte met alors du petit bois dans le poêle, sert à nouveau du thé, tire une chaise et se fait une place dans le cercle. Je reste debout près de la bavette du poêle.

Ils parlent d'abord de chasse, puis de pêche, de trappe, de santé, de leurs familles, des rivières. Les questions de

Shepouln sont brèves, les réponses courtes, les pauses nombreuses.

Après avoir abondamment fumé, dans un silence qui dans les circonstances en dit long sur ses intentions, le Chef juge qu'il est temps de poser la question :

— On est prêts pour Cabonga ?

Quelques heures plus tard, nous partons chargés à bloc pour le poste de la baie d'Hudson. *All aboard !*

Au départ de ce genre d'expédition, Shepouln donne toujours deux petits coups de klaxon discrets en passant devant l'école, où habite la maîtresse. Est-ce un signal, un message ? Chaque fois, même si je m'y attends, ça me fait battre le coeur un peu plus vite. Mais je ne dis rien, et nous n'en parlons jamais.

Mon père a baptisé son auto « la Ford à coups de pied » parce qu'il est obligé de donner de retentissants coups de pied sur la pédale d'embrayage pour changer de vitesse. Il m'explique :

— Tu pars sur la petite. Si c'est un camion, tu te mets « sus l'beu[1] ». Une fois décollé, tu passes en deuxième, mais pas pour longtemps. Quand tu roules bien, embraye en troisième. Là, t'es en grande.

---

[1] Allusion au boeuf de trait.

Je m'assois sur le siège d'en avant, coincé entre mon père et le Chef qui prend beaucoup de place. Les jambes écartées de chaque côté du long bras d'embrayage, je prévois chaque manoeuvre du conducteur pour être sûr de ne pas lui nuire. Grand comme je suis, j'ai une excellente visibilité et, dans le large rétroviseur, je peux observer les passagers cordés sur le siège arrière.

Ce sont les femmes. Elles adorent voyager en automobile. C'est tellement facile, confortable, rapide. Nous parcourons en quelques heures un trajet qui en canot ou en raquettes exigerait des jours ou même des semaines. Ébahies, elles parlent entre elles à voix basse, à mots couverts. Les enfants sont assis sur leurs cuisses. Les poupons tètent ou dorment. Toutes mastiquent de la gomme baloune rose, de grosses chiques avec lesquelles elles font des balounes qui gonflent... gonflent... gonflent et pètent, sec, dans la Ford.

Je me demande à quoi pense mon père en conduisant. Peut-être à la maîtresse... Ou est-il en son for intérieur préoccupé par les désolantes coupes à blanc qui se font maintenant au flanc des montagnes, sous les pieds de son peuple?

Il nous arrive, à l'occasion, de traverser, consternés, de vastes déserts de
souches noires de pins et d'épinettes,
autrefois des forêts vertes, que toute vie a
maintenant fuis au nom du sacré progrès!
Ce progrès qui déchire Shepouln et qui
est devenu à la maison son principal
sujet de conversation. À l'*office*, mon père
se tait. La question est subversive. La
Compagnie fait des profits, c'est ce qui
compte, rien d'autre. Les Indiens? Ceux
qui vivent en forêt? De la forêt? Ils
n'existent pas!

Il parle avec les chasseurs algonquins
mais, même avec eux, le sujet est délicat.
Quand il l'aborde, ils commencent par rire,
d'un rire nerveux et timide. À la fin, la
corde sensible, celle du territoire, se met à
vibrer comme un tambour tendu à
l'extrême. Éclatent le ressentiment, la
désapprobation, l'incompréhension.

— C'est dangereux en canot sur l'eau. Il
y a trop de billots!

— Il n'y a plus de poissons.

— Les lacs sont sales!

— La graisse des ours noirs n'est plus
bonne à manger. Ils se nourrissent dans les
dépotoirs des Blancs!

— On nous chasse de nos territoires! On saccage nos pièges! On brûle nos camps!

Le feu couve. Depuis plusieurs années, l'été, les Blancs viennent de plus en plus nombreux rencontrer les Têtes de boule pour discuter avec eux, sinon les haranguer. La colère gronde chez les Indiens. Shepouln, lui, est partagé entre son amour de la vie en forêt et son attrait pour le satané progrès. Dans un moment de désarroi, il a déjà laissé tomber:

— Un jour je pense que tous les Indiens vivront comme moi, dans une maison.

Mais cette éventualité le laisse songeur.

* * *

De retour au campement après l'échange de fourrures, Shepouln informe le Chef qu'il a réussi de peine et de misère à empêcher la Compagnie de raser la pinède. Elle aurait voulu nettoyer la pointe une fois pour toutes! Il y a là, prétexte-t-elle, du beau bois qui dort à la portée de la main. Des arbres qui ne servent à rien.

La Compagnie lorgne depuis longtemps ces géants qui valent leur pesant d'or.

Mais ce qu'elle veut en réalité, c'est se débarrasser des «Sauvages», comme elle les appelle, qui tous les étés campent à proximité. Ils sont gênants. Les jolies jeunes *squaws* attirent les bûcherons, traversent la rivière la nuit. Rencontres nocturnes, beuveries, orgies, naissances de bébés aux yeux bleus et au teint clair. Le curé Lajoie en a même eu vent dans son lointain presbytère. Il a dit qu'il prendrait l'affaire en main.

Assommé par la menace qui pèse sur la pinède, le Chef réfléchit. Je le regarde tirer d'un geste lent de profondes bouffées de sa pipe, coincée entre ses dents.

Matchawan est un petit homme basané, raviné, noueux. Il a les pommettes dures, les yeux noirs fortement bridés, insondables comme une eau profonde et calme au pied d'une falaise. Toujours il porte un vieux chapeau rond gondolé de feutre gris à large rebord, comme ceux des *rangers* de mes *comic books*.

Matchawan se lève sur ses jambes arquées. Il a l'air d'un titan dans la lueur des hautes flammes et les nuées d'étincelles qui jaillissent dans la nuit. Il hoche la tête, lève les épaules.

— Abattre ces arbres! Pourquoi? Il y en a tellement ailleurs. Détruire le campement! Pourquoi? Alors qu'il y a tant d'espace!

Il vient de prendre conscience que rien n'est impossible à l'homme blanc. Calant au fond de sa main sèche le fourneau de sa pipe, il en pointe le tuyau vers la terre. Ses paroles tombent dru:

— Ici sont nos ancêtres! Nos ancêtres, nos racines, mes parents, mes enfants!

Il fait une pause.

— Shepouln, écris! Écris-leur! Parle au Gouvernement pour nous! Tu les connais. Dis-leur que tout ce que nous voulons, c'est de vivre notre vie en paix sur nos territoires.

Mon père tient parole: il écrit.

C'est une opération d'envergure. Le soir même, il s'installe à la maison avec du papier et des crayons dans le rond de lumière de la lampe Aladin[1]. Puis il cherche longuement sa première phrase, le coup d'envoi.

Shepouln risque gros... Il peut se mettre la Compagnie à dos... Il écrit, rature, chiffonne, recommence. Il se relit à haute voix, pour juger de l'effet, des conséquences.

---

[1] Lampe à l'huile de marque *Aladdin.*

J'écoute, fasciné. Tout yeux tout oreilles. Mon père est un sorcier ! Il connaît la magie des mots, l'écho des phrases. Ma mère, excédée, m'envoie me coucher. Mais du fond de mon lit, j'entends encore Shepouln écrire. Cette lettre au premier ministre Duplessis, j'ai l'impression que mon père l'écrit en mon nom.

Il met une semaine à la terminer. Au bout de la semaine je peux la réciter par coeur sans me tromper, sans rien omettre. Tous ses mots sont importants, puissants, gravés dans ma tête. J'ai transcrit dans ma mémoire, à mesure, les corrections qu'il a apportées. Lorsque tout le monde dormait, je suis resté éveillé à réciter jusqu'à épuisement. J'en ai rêvé.

Shepouln se laisse emporter par ses sentiments. Il utilise des mots nouveaux pour moi, forts, des mots durs comme « revendication », « injustice », « blessure », « fierté », « peuple », « nation ». Puis il se ravise une fois la tempête passée dans son coeur. Il tempère et polit pour ne pas provoquer. Il efface. Il veut être diplomate. Ferme, mais nuancé. Dire sans détour ce qui doit être compris, être précis sans choquer. Toujours laisser la

porte ouverte. Il est soucieux de respecter
l'idée de ceux qui lui ont confié cette
importante tâche. Ce n'est pas tous les
jours qu'un petit commis de chantier,
plus à l'aise avec les chiffres que les
lettres, écrit au Premier ministre de la
province de Québec.

Emporté par son projet, mon père passe
bien des heures avec la maîtresse d'école,
dans le petit logement attenant à notre
classe. Il y va très tôt le matin pour, dit-il,
consulter son dictionnaire Littré. À sept
heures il entre à l'*office* pour commencer sa
journée, comme si de rien n'était.

Ma mère bourrasse mais elle se tait.
Vaut mieux pour elle et elle le sait.

* * *

Cette même semaine d'automne, le curé
Lajoie, oblat de Marie-Immaculée, fait sa
mission périodique auprès de ses ouailles
bûcherons et des Indiens païens qui
s'apprêtent à partir pour leur territoire de
chasse. Il ne ménage pas ses efforts car
c'est la plus payante. Pas sûr que le temps
lui permette de revenir célébrer la messe
de minuit... et de quêter à nouveau. Le

missionnaire y consacre donc deux jours complets.

C'est le branle-bas général. Le samedi, il rencontre les bûcherons en groupes, leur fait la morale puis les invite à se confesser. M. Gauthier, le père de mon ami Jean et livreur d'eau à domicile, prépare le confessionnal : une couverture grise de la Compagnie tendue dans un coin de la couquerie[1] avec, dans le triangle, une chaise pour le curé. Les hommes, assis sur un long banc, font la queue. Quand l'un sort du coin, l'autre se lève. Ils se croisent sans se regarder, les yeux cloués au plancher qu'ils font résonner de leurs grosses bottes ferrées.

Le pénitent s'agenouille sur le plancher :

— Quels péchés as-tu commis, mon fils ?

— J'ai sacré cent fois au moins...

— Oui !

— J'ai eu des mauvaises pensées.

— Oui !

— J'ai...

— Seul ou avec d'autres ?

— Seul, mon père.

— As-tu autre chose à te faire pardonner ?

— J'ai pris un coup un peu fort...

— As-tu volé ? T'es-tu battu ?

---

1 Cuisine-cafétéria.

— Non, mon père.

— Regrettes-tu tes péchés ?

— Oui, mon père !

— Tu réciteras un chapelet pour ta pénitence. Va en paix, mon fils !

Le lendemain, après la messe, le curé vient dîner à la maison, comme à chacun de ses passages. Installé confortablement dans la chaise berçante de ma mère, il bourre sa pipe de tabac Rose Quesnel, le tasse avec son index, allume, empeste la place.

Mon père remplit à ras bord deux verres à coke de gros gin La Veuve Calvert, la marque préférée du curé Lajoie.

De son côté, ma mère s'affaire autour du poêle qu'elle chauffe à blanc. Elle fait griller comme de la semelle de bottes de grandes tranches de steak d'orignal et les met dans un plat avec des oignons rôtis et des patates bouillies. Puis elle déglace sa poêle avec du thé chaud et en arrose copieusement le steak. À table !

Fini les cérémonies. Le missionnaire accroche son collet romain au montant de la berceuse. Les fourchettes pigent. La Veuve Calvert réchauffe. La conversation va bon train. Au dessert ma mère apporte une demi-tarte aux bleuets, fraîche, juteuse, dégoulinante. Le curé, la bédaine pleine, est au paradis.

Moi je trouve que Flore en fait trop. On dirait une servante! Je déteste la voir se mettre à genoux devant un curé fifi que l'évêché cache au fond des bois, chez les bûcherons et les Indiens! Je sais tout, les *cooks* parlent de lui souvent. Je le sens aussi, quand il me prend par les épaules ou qu'il pose sa grosse main molle sur ma cuisse. Le coeur me lève.

Le festin et les trois quarts du quarante onces de gin engloutis, Shepouln annonce solennellement au missionnaire qu'il va, en toute confidence, lui lire sa lettre à Duplessis. Pendant qu'il va la chercher, j'observe le curé. Il boit à petites gorgées, grimace, fait claquer son dentier. Décidément, il n'est pas dans son assiette.

Chapitre 4

La lettre à Duplessis

Monsieur Maurice Duplessis
Honorable Premier ministre
de la province de Québec

Monsieur le Premier ministre,

Vous savez sans doute que les Indiens étaient ici bien avant que vos ancêtres envahissent le continent. Les Têtes de boule de la Haute-Gatineau sont de braves gens qui encore aujourd'hui vivent exclusivement de chasse, de pêche et du trappage des animaux à fourrure : principalement l'orignal, l'ours, le castor et le porc-épic. Ils pêchent le poisson blanc en grande quantité, le fument, le font sécher pour l'hiver.

Ces animaux constituent leur principale nourriture et leur seul gagne-pain.

Les Têtes de boule sont des nomades qui vivent dans des tentes, qui voyagent en canot d'écorce l'été, en raquettes et en traîne sauvage l'hiver. Leur bien le plus précieux, c'est le territoire qu'ils ont hérité de leurs ancêtres les plus lointains. Ce qui leur tient le plus à coeur c'est de pouvoir le léguer à leurs enfants et petits-enfants.

Les Têtes de boule dans leur forêt sont comme des fermiers sur leur terre. Ils en prennent soin, la protègent, la font fructifier du mieux qu'ils peuvent. Ils y sont profondément enracinés. Tous leurs proches sont enterrés sur les montagnes les plus hautes, au pied des grandes chutes, à la croisée des rivières sur lesquelles ils naviguent depuis des millénaires. Ici, ils sont partout.

Mais voilà, Monsieur le Premier ministre, leur vie devient de plus en plus difficile. J'oserais même dire infernale. Les Indiens sont frustrés, au bord de la colère. Les bûcherons coupent sous leurs pieds des millions d'arbres. Ils font fuir les animaux, détruisent les lignes de trappe en place depuis des siècles. Ils flottent des billots sur les rivières, rendant la navigation en canot impossible. Et ce n'est pas

tout, Honorable Premier ministre, les
bûcherons, les employés de la Compagnie et les
prospecteurs se mêlent aussi de trapper le
castor et d'autres animaux à fourrure pour se
faire plus d'argent. Ils en tuent sans arrêt au
nez des Indiens, prennent la peau qu'ils
vendent à des commerçants étrangers et
laissent les carcasses pourrir sur place. Cela
choque les Indiens qui travaillent dur pour
nourrir leur famille.

Au cours des dernières années, le
Gouvernement a construit des barrages en
Haute-Mauricie (La Loutre) et sur le Grand
Lac Cabonga. Ces barrages ont noyé de magni-
fiques forêts, de vastes territoires occupés par
les Têtes de boule. C'est du gaspillage, disent-
ils. Et les meilleurs territoires qui restent sont
presque tous donnés en limites à bois[1] à des
compagnies étrangères ou loués à vie à des
clubs privés qui appartiennent à des
Américains. Dans un cas comme dans l'autre,
les Indiens sont chassés de chez eux, leurs
cabanes sont brûlées, leurs canots défoncés,
leurs familles terrorisées. Enfin, Monsieur le
Premier ministre, toutes ces activités ont causé
de gigantesques feux de forêt, du jamais vu de
mémoire d'Indien. Encore cette année, la bande
du lac Barrière a échappé de justesse aux

---

[1] Concessions de coupe.

flammes d'un feu de forêt allumé par des bûcherons imprudents. Ces Indiens ont tout perdu : territoire de chasse, maison, canots, raquettes, pièges.

Je pourrais vous parler aussi de l'extrême pauvreté à laquelle ils sont maintenant réduits. Je m'arrête car je suis conscient d'avoir déjà pris trop de votre précieux temps. C'est à la demande du Chef que je me permets de vous écrire. Vous êtes pour lui le Grand Chef de la Province de Québec. Les Indiens vous demandent d'intervenir auprès de la Compagnie pour que leurs droits soient respectés. Ils ne veulent que vivre en paix sur leurs territoires. Cette lettre qu'ils vous adressent a aussi pour but, Honorable Premier ministre, de demander une rencontre qui se tiendrait entre vous et les Chefs des Têtes de boule le printemps prochain, dès qu'ils reviendront de la chasse d'hiver. Ils aimeraient vous expliquer eux-mêmes, de vive voix, tous les tourments qu'ils endurent depuis trop longtemps.

Je vous prie d'agréer, Monsieur le Premier ministre, nos sentiments les plus sincères.

La lettre ne fait pas l'affaire du missionnaire. Sur certains points, il se sent visé. Il connaît mon père et, en fin renard, sait qu'il ne faut pas l'attaquer de front. Alors il lui suggère, mine de rien, de nuancer quelques phrases en remplaçant, par exemple, *les Indiens étaient ici bien avant que vos ancêtres européens envahissent le continent* par *depuis des temps immémoriaux*... Il a même entendu dire que le Premier ministre a du sang indien dans les veines mais qu'il n'en parle pas... ce qui nous laisse sceptiques.

Et pourquoi Shepouln n'ajouterait-il pas que les Têtes de boule ne sont pas des gens exigeants et qu'ils sont de bons chrétiens fervents...? Il n'insiste pas cependant. Sur ce sujet Shepouln a son franc parler. Un jour il a dit au père Lajoie:

— Quand j'habitais à Kazabazua, on m'obligeait à aller à la messe tous les jours et je servais deux messes le dimanche. J'ai du mérite en réserve. Un gros compte en banque! J'ai assez des seuls intérêts pour me rendre de l'autre bord!

La seule concession qu'il fait au missionnaire, c'est de servir la messe au camp. Ça me fait drôle de voir mon père devant l'autel dans son long surplus blanc, habillé en enfant de choeur! Shepouln mesure plus de six pieds, pèse deux cent livres. Il dit en riant qu'il sert la messe pour ne pas avoir à donner à la quête. Le servant de messe n'est jamais sollicité. D'ailleurs c'est moi qui passe le chapeau. Il ne me serait jamais venu à l'idée de le passer sous le nez de mon père...

Shepouln est très fier de sa comparaison, dans la lettre, entre le fermier attaché à son héritage, qui cultive sa terre avec amour et respect, et le chasseur indien qui veut transmettre son territoire intact à ses descendants. Il croit dur comme fer que sa superbe trouvaille modifiera l'idée que les gens se font des Indiens. Cette image, selon lui, touchera le Premier ministre, qui vient de Trois-Rivières, une région forestière mais aussi agricole. Duplessis comprendra mieux que quiconque le problème des Indiens.

— L'Indien, c'est le fermier de la forêt.

Et il ajoute, prenant le curé à partie :

— Imaginez que vous êtes fermier, qu'une seule rivière traverse votre terre et qu'un jour, sans crier gare, des étrangers érigent un barrage à côté de chez vous. L'eau monte, monte, inonde une partie de vos champs. Cela vous force à vous réorganiser, vous appauvrit. Vous changez votre troupeau de place, vous cultivez ailleurs... ben, c'est ce qui arrive aux Indiens. Ça se comprend... non?

— Oui! Oui! répond le missionnaire. Bien sûr!

Le curé Lajoie est embêté. Certains passages de la lettre le mettent bien mal à l'aise... surtout celui qui concerne les clubs privés. En effet, le curé s'est associé à des hommes d'affaires influents et à des religieux ayant des relations en haut lieu pour obtenir du Gouvernement une *lease*[1] de vingt mille carrés comprenant sept lacs des plus poissonneux... Un véritable paradis de chasse à l'orignal et à la perdrix. Lui et ses amis ont fait construire un camp avec chapelle intégrée que les gens ont vite qualifié de «bordel cardinalice». Le curé pour sa part baptise le lieu «le camp du rosaire».

Or, il se passe des choses pas très catholiques au camp du rosaire, et de toutes les sortes. Les repas sont somptueux, l'alcool coule à flot. Les Indiennes s'y montrent. Tout cela, je le tiens des cuisiniers. Ils m'en racontent de belles quand je passe à la couquerie pour me faire offrir des galettes.

---

[1] Un bail.

À la fin, le curé offre son aide à mon père. Il promet que la lettre sera remise au Premier ministre en main propre.

Chapitre 5

La fausse couche

Ma mère... Parmi tous ces souvenirs de mon enfance, elle tient tellement peu de place. Où était-elle? Qui était-elle? Je fais des efforts. Je me concentre. Je cherche, creuse. J'essaie de me rappeler des faits, un geste, un timbre de voix, un peu d'affection. Un sourire?

Non! Rien! Le vide. Sans filet ni filon, je ne trouve rien qui la tire de l'ombre de ma mémoire, qui lui donne de la chair, de la chaleur, du sang. Ou si peu de chose. Même quand je ferme les yeux pour voir plus loin, elle m'échappe. Un visage anguleux, triste et pâle, une silhouette floue, des lunettes. Elle a une coquetterie

à un oeil[1]. J'ai hérité de sa myopie, mais
ça je le vois.

* * *

C'est à cause de mon père que ma mère
existe. Elle est comme l'ombre de l'arbre.
D'origine paysanne, elle a vécu sur une
terre toute son enfance, mais pas sa
jeunesse. La jeunesse n'a même pas existé
pour elle. Elle s'est mariée trop tôt pour en
connaître une, même juste au passage. Non!
Elle a suivi son mari en forêt, dans les
camps forestiers de la Haute-Gatineau et
de l'Abitibi. Dans les Hauts, disait-on alors.
Elle s'y est résignée. Qui prend un mari en
Abitibi prend un pays et sa sainte misère
pour la vie, pour l'éternité, ainsi soit-il.

Jeune, Shepouln, lui, a été placé par ma
grand-mère métisse chez sa soeur à
Kazabazua, dans la Gatineau (ma tante a
eu le coup de foudre pour un Blanc, un
Anglais qu'elle a rencontré toute jeune au
poste de la baie d'Hudson.) À Kaza,
Shepouln fréquente l'école du village, où il
apprend à baragouiner l'anglais. Nécessité
oblige! Mais, aussitôt grand, il part pour la
forêt et s'engage comme garçon à tout

---

1 Son oeil louche légèrement.

faire dans les camps de bûcherons alors en pleine expansion.

Mon père est l'un des rares employés de la Canadian International Paper Company à comprendre, à lire et à écrire la langue des grands *boss*. Vite promu commis, il devient l'homme de confiance indispensable, celui qui fait le lien entre les gens d'en bas[1] et ceux d'en haut[2]. De plus, il est métis (même si ça ne crève pas les yeux). Il parle l'algonquin. Comme c'est sur le territoire des Indiens que se pratique la coupe de bois, la Compagnie fait d'une pierre deux coups.

Jusqu'en mai, quand les bûcherons retourneront cultiver leur terre de misère près de la ville, la forêt bourdonne comme un gros nid de guêpes. Des essaims d'hommes s'attaquent aux arbres avec des haches et des scies. Ils en abattent des millions et les débitent en pitounes avant de les charger sur des traîneaux. Ensuite, d'énormes chevaux traînent les billes jusque sur la glace épaisse des grands lacs, où elles s'amoncellent en tas jusqu'au printemps.

Quand la glace cale grâce aux chauds rayons du soleil, les pitounes flottent et la

---

1 Qui habitent dans les villes et les villages.
2 Qui travaillent en forêt.

drave commence. Munis de gaffes, les draveurs poussent, tirent les billots qui s'engouffrent dans le lit des rivières, emportés par la débâcle et la crue des eaux. Sous leur oeil vigilant, le bois suit le courant jusqu'au pied des moulins à papier, à des centaines de milles[1] au sud.

Shepouln tient le temps des hommes, prépare les payes, fait les inventaires, commande et distribue les outils et la marchandise. Il soigne les malades et les blessés, distribue le courrier. Il est curé, notaire, confident. Tout passe entre ses mains.

Après quelque temps, il décide de vivre en permanence dans le bois avec ma mère, qu'il a rencontrée à Kazabazua. Sa famille autochtone n'approuve pas son mariage, mais lui n'en fait qu'à sa tête. Il se marie par défi. Flore, qui rêvait en cachette de travailler en ville, à Ottawa, se retrouve encabanée au fond des bois.

La lune de miel s'éclipse dans le temps de le dire et Flore se retrouve enceinte. Attendre un enfant seule, perdue en forêt! Elle qui est habituée à vivre à la campagne, dans une ferme, entourée de soeurs, de frères, de la parenté et des amis! L'angoisse la saisit.

---

1 Un mille équivaut à 1,6 kilomètre.

Shepouln la rassure du mieux qu'il peut. Il amène à la maison des jeunes femmes indiennes. Beaucoup plus jeunes que Flore, elles transportent fièrement dans leur *tikinagan*[1] suspendu à leurs épaules de gros bébés joufflus, la figure ronde comme une pleine lune, resplendissants de santé. Toutes ont accouché sous la tente, au coeur de l'hiver, quelque part sur leur immense territoire de chasse. Mary Twenish, la sage-femme, ou *kokum* (une grand-maman d'expérience) les a aidées. Mais Flore n'est pas rassurée pour autant.

Dès les premiers signes de grossesse, ma mère ne se sent pas bien. Nervosité, impatience, mal de ventre, nausée, pertes abondantes. Une nuit noire de juin, une nuit sans lune, une nuit de loup-garou et de carcajou, quand nos voisins les bûcherons sont repartis, ma mère est secouée par de violentes contractions, prise de douleurs atroces, insoutenables. Elle se met à prier la Vierge Marie.

Mon père, devant la gravité de son état, se précipite sur la plage, pousse son canot à l'eau. La rivière Matamek est paresseuse à cet endroit, langoureuse et étroite. Il avironne de toutes ses forces.

---

1 Berceau.

— Mary! Mary! Kokum! Vite, Mary, c'est le temps!

Ses appels au secours, sourds, roulent sur l'eau, s'enfoncent dans la forêt sombre.

Sous les wigwams d'écorce de bouleau et les tentes de toile blanche, couchés sur d'épais tapis de rameaux de sapin vert, collés à la terre, les Algonquins savent déjà. Silence. Le vent reste en suspens, accroché aux larges branches des pins centenaires géants. Le canot ne touche pas terre. Mary Twenish, la sage-femme et l'amie, a entendu son nom dans la nuit. Elle empoigne fermement la pince du canot, s'arc-boute, donne un puissant coup de reins et embarque prestement. Le canot léger, profilé, se trouve du même coup propulsé au milieu du courant. À genoux, Mary avironne vigoureusement vers l'autre rive. Il faut faire vite.

À la maison, à la lueur de la lampe à l'huile, ma mère a déjà, toute seule, avorté. Elle baigne dans son sang, inconsciente. Mary ouvre sa trousse d'urgence : le panier décoré de motifs floraux contient des herbes, des pommades, des mousses séchées, du duvet d'oie, une plume d'aigle, des dents d'ours...

Mon père et Mary font, auprès de la malade, ce que dans les circonstances ils peuvent faire de mieux.

La sage-femme récupère les deux embryons, le placenta, le sang. Elle enveloppe tout dans un beau morceau d'écorce de bouleau dorée qu'elle roule et plie aux extrémités. Ensuite, Mary dépose solennellement entre les mains de Shepouln, comme un cercueil, la petite momie soigneusement ficelée avec une fine racine d'épinette. Agitant une plume d'aigle, elle se met à réciter dans sa langue une douce prière qui glisse dans le vent comme une berceuse.

À l'aurore, ils enterrent le cercueil profondément, quelque part en forêt, au pied d'un majestueux merisier, du côté où se lève le soleil, là où germe la vie.

Au crépuscule, les Indiens se rassemblent autour d'un grand feu, au coeur de leur campement, en un cercle silencieux. Religieusement, l'aîné, Matchawan, sort d'un sac de peau richement brodé de fleurs et de pistes d'animaux un immense tambour, rond comme le soleil de midi. Il le suspend à la branche d'un vieux pin.

Puis mon père prépare le tambour pour la cérémonie. Il trempe ses doigts dans un panier rempli d'une eau fraîche et pure tirée de la source qui jaillit au flanc de la montagne. Une eau de vie et d'espoir. Il asperge la peau crue[1] aux six points cardinaux : pour la race blanche au nord, pour la race jaune au sud, pour la race noire à l'ouest, pour la race rouge à l'est, direction du soleil levant, au centre pour les Ancêtres qui vivent au firmament, en bas pour les morts qui sont les racines qui nous unissent à la terre.

Shepouln caresse la peau tendue de sa paume chaude en traçant des cercles concentriques. La peau purifiée se tend davantage, s'anime. Le tambour prend la parole ; il va parler au Grand Esprit.

Matchawan bat la mesure lentement. Il tire du grand tambour des sons entiers qui font des rondes, qui habitent tout le temps et tout l'espace, des sons qui sonnent le glas. Les femmes entonnent un air qui se perd dans les taillis, se marie au vent, aux cascades du ruisseau, au crépitement et aux étincelles du feu de bois. Un chant qui monte vers le ciel rejoindre le monde mystérieux des morts.

* * *

---

1 Verte, non tannée.

Grâce aux soins attentifs de Mary et à ses médicaments, ma mère se remet graduellement de sa fausse couche. Une fausse couche dont personne ne parle ouvertement. Motus et bouche cousue, la tombe! Moi, Pien, je n'ai pas encore vu le jour à ce moment-là. Ni moi ni ma soeur aînée. J'en parle maintenant de ouï-dire et de rumeurs, ayant assemblé les pièces comme j'ai pu.

Un jour, entre autres, ma mère se plaint en ma présence à une jeune infirmière de Santé nationale[1] venue la voir. Flore oublie peut-être que je suis sur la galerie, à caresser mon chien? Elle croit peut-être que ses propos n'attireront pas mon attention? Elle en a peut-être assez de souffrir en silence, de ne partager ses peines avec personne? Mais j'ai l'oreille fine et un oeil d'aigle. Rien ne m'échappe.

— J'ai toujours une barre de fer rouge qui me traverse le ventre, des maux de tête constants, confie ma mère à l'infirmière. Mais surtout mes intestins ne fonctionnent pas. Je suis gonflée, toujours constipée. Au lit, chaque fois, ça me fait mal.

— Ce sont certainement les suites de votre satanée fausse couche! réplique

---

[1] Service gouvernemental qui envoyait une infirmière chez les Algonquins, une fois l'an, avant leur départ pour l'intérieur du pays.

l'infirmière. Ça laisse des traces pour la vie, ça. Ça vous laboure un intérieur. Des jumeaux! En plein bois, au mois de juin parmi les maringouins et les Sauvages. Ça a-tu pour l'amour du bon Dieu bon sens? Vous êtes une sainte femme. Vous avez gagné votre ciel, je vous jure, mais il faudra prendre votre mal en patience...

Ma mère n'est pas remise de son avortement qu'elle repart une deuxième fois pour la famille[1]. S'étant réfugiée chez sa mère qui habite au village depuis peu, elle accouche de ma soeur à l'hôpital de Maniwaki. Cette fois, tout se passe bien. Mon père la rejoint pour le baptême et la petite famille reprend sans tarder le chemin cahoteux des Hauts.

---

[1] Devient enceinte.

Chapitre 6

Je suis le coup de grâce de ma mère

Ma soeur aînée naît le 11 avril 1943, et moi le 17 août de l'année suivante. Anéantie, Flore sombre dans un profond désespoir. Je suis, je crois, le coup de grâce de ma mère. Ma conception a été le début de sa fin.

Dès ma naissance, l'idée de ma mort la hante. À quelques jours, elle me fait baptiser à l'église du village, au cas où je mourrais subitement. Déprimée à tout jamais, deux enfants aux couches sur les bras, elle s'enfonce à nouveau dans le bois.

Ma mère n'est pas en assez bonne santé pour me nourrir. Je réagis vivement à son lait et dès notre retour dans les Hauts je fais une jaunisse carabinée. Le problème est grave. Il n'y a pas de médecin, pas de lait frais. La fille de Mary, qui vient d'avoir un bébé, s'offre pour m'allaiter en même temps que le sien. Quand elle part à l'automne avec sa famille pour gagner le territoire de chasse, je suis gras, joufflu, et je me délecte du lait Carnation que ma mère me fait maintenant boire au biberon.

L'obsession de la mort subite ne quittera jamais Flore.

Tous les soirs à la brunante, quand j'étais petit, elle nous fera réciter avec elle un interminable chapelet de prières, agenouillés au pied de notre lit, les mains jointes. « *Au nom du Père, et du Fils, et du Saint-Esprit, Ainsi soit-il. Je vous salue, Marie, pleine de grâces...* »

Ma soeur et moi répondons en choeur : « *Sainte Marie, mère de Dieu, priez pour nous, pécheurs...* »

S'enchaînent les *Gloire soit au Père,* les *Notre Père, Je me confesse à Dieu*, sans oublier l'acte de contrition. Un mourant qui récite son acte de contrition, dit ma mère, est assuré d'aller directement au ciel. Or, la mort peut très bien venir nous chercher au cours de la nuit. («Elle arrive comme un voleur. Il faut toujours être prêt pour le grand voyage.») Le matin, toujours en prévision d'une mort subite ou d'une fin du monde, ma mère s'assure que nous avons les pieds et les ongles propres et que nous portons des chaussettes sans trous.

— Te vois-tu arriver à l'hôpital les pieds crassés, dit-elle, scandalisée, avec des trous dans tes bas! Qu'est-ce que les gens diraient?

Flore vénère une sainte inconnue, du nom de Notre-Dame-du-Perpétuel-Secours. Elle lui écrit, lui envoie de l'argent. En retour, elle reçoit par la poste des images saintes et des milliers d'indulgences.

Dans les rares occasions où nous venons en ville, je l'accompagne à l'église. Pendant que ma mère se recueille dans la paix et les odeurs d'encens, je rêve d'ailleurs.

* * *

Le soir après nos prières, Flore se réfugie dans sa chambre. Elle attend mon

père. Je pense qu'elle pleure en silence,
qu'elle se tord les mains d'angoisse,
qu'elle mord son oreiller d'ennui et de
désespoir.

Chapitre 7

Mon été à la ferme

Ma mère est à l'hôpital. Le médecin qui la soigne cherche désespérément un nom pour sa maladie. De préférence un nom connu. Il n'y arrive pas.

Mon père, lui, est au nord, à Clova. Il suit les cours de soins d'urgence du Dr. Rivard, le « docteur du Nord ». De plus en plus d'hommes se blessent gravement sur les chantiers. Ils se coupent un pied ou une main avec les scies mécaniques[1], un outil nouveau pour eux, et dangereux. C'est mon père qui fait face aux urgences.

Comme mes parents sont tous les deux absents, je passe les grandes vacances à la

---

1 Tronçonneuses.

ferme chez mon oncle Jim et ma tante
Anette, la soeur aînée de ma mère.

Flore et Anette se ressemblent comme
deux gouttes d'eau, la coquetterie en
moins. Mais elles ont des caractères bien
différents. Annette est entreprenante,
énergique, malicieuse, pleine d'humour et
de tendresse.

Jim et sa femme font la paire. Pour ma
part, je m'entends à merveille avec mes
deux cousins, plus vieux que moi, et ma
cousine, qui a douze ans comme moi cet
été-là. Chez eux, je besogne comme un
homme du matin au soir, beau temps,
mauvais temps.

Dans les champs, mon oncle s'acharne à
cultiver une pauvre terre de sable et de
roche. Pour joindre les deux bouts, il doit
trimer comme trois, en forcené. Il travaille
sans répit. Sept jours sur sept. Le labeur, la
misère, ça le connaît.

Un jour, il s'est laissé tenté par le démon
de la colonisation. Rêvant de liberté et de
richesse, il s'est exilé au fin fond de
l'Abitibi où le clergé promet une vie de
sainteté et d'abondance à ceux qui n'ont
pas froid aux yeux. Jim est de cette race-là.
Il part, suit le mouvement, fait de la terre

neuve à la sueur de son front en fauchant de vieilles épinettes près de Normetal. Comme il crève de faim, il décide de se faire mineur au fond d'une mine d'or. Enfin, le bon filon! Mais, encore une fois, ses espoirs fondent comme la neige au soleil de mai. Quelques années plus tard, cassé, éreinté, il laisse tout tomber et revient à la case de départ reprendre en main sa terre, laquelle s'est bien mal portée en son absence.

Tous les matins après le déjeuner, campé sur le perron de sa maison qui surplombe les champs du haut de la colline, Jim s'arrête un instant avant d'entreprendre sa journée. Laissant planer un regard circulaire sur sa ferme, il roule machinalement dans le creuset de sa main crevassée une énorme cigarette, la plante profondément dans la commissure gauche de ses lèvres et l'allume avec son brûlot[1]. Le spectacle m'inquiète. Le feu grimpe dans les longues fibres de tabac pendouillantes... Jim aspire par petites bouffées puis expire en coup de soufflet. Une flamme jaune jaillit, lèche ses épais sourcils déjà gris cendre. Sa tête se perd un instant dans la boucane bleue. Mais mon oncle ne fume pas vraiment. Il garde

---

[1] Mégot.

le même mégot toute la journée, le
rallume dix fois, vingt fois, toujours à ses
risques et périls.

À la ferme, les fortes odeurs de vache,
de lait chaud fraîchement tiré, de fumier
fumant, de terre poussiéreuse, collent à la
peau, imprègnent les cheveux, les
vêtements. Surtout les mains. Nos mains,
nos bras, nos chevilles sont lacérés par les
foins verts effilés et coupants. Nos figures
sont brûlées, craquelées comme la terre
séchée par le soleil ardent. Toute la
journée, il faut traire les vaches, nettoyer
l'étable, travailler aux champs, empiler les
patates nouvelles dans le caveau bas et
quoi d'autre encore.

Le soir, autour de la table rectangulaire
de l'immense cuisine, les jeunes s'assoient
en rang d'oignons sur la banquette du
fond, le dos collé au mur. Jim s'installe à
une extrémité, tante Anette à l'autre, près
du poêle à bois. Mon oncle sourit. Ses
yeux gris-bleu étincellent comme des
gouttes de rosée au soleil. Le dos voûté
comme un bossu, il appuie les coudes sur
la table. Il n'a plus que quelques crocs
jaunis dans la bouche, une seule mèche de
cheveux sur son crâne luisant. On dirait

un de ces vieux Chinois qui ont travaillé à la construction du chemin de fer.

En présence de visiteurs, il trouve toujours l'occasion de blaguer :

— Manger un peu de marde de vache n'a jamais fait de tort à personne !

Et il éclate d'un puissant rire sonore qui fait vibrer les murs de la maison.

Le repas fume : des patates, ou plutôt une montagne de patates bouillies rondes et blanches dans un plat de granit bleu ciel, des tranches de jambon rose cerclées de blanc, grandes comme l'assiette en fer blanc, du pain boulangé la veille, levé la nuit, cuit au four à bois l'après-midi et servi chaud au souper, une motte de beurre baratté en fin de semaine, du lait frais du matin, rafraîchi dans l'eau de source, des tomates rouges cueillies en fin d'après-midi. Et du thé noir.

Tous les dimanches matins sans exception, je suis tenu d'aller à la messe. C'est la loi. La messe ou point de salut ! L'église m'impressionne. Je ne connais pas de plus grosse bâtisse. Les portes sont tellement grandes que M. Gauthier, le charretier, pourrait sans difficulté les franchir avec son cheval et son tombereau.

Les images géantes sur les murs, les statues de plâtre grandeur nature, le Christ ensanglanté cloué à la croix, la solennité des lieux, l'orgue et les chants religieux, toute cette splendeur me saisit. J'en ai plein les yeux, les oreilles et le nez.

Ce qui m'intrigue le plus, c'est le discours du curé, prononcé du haut de sa chaire. Il prêche d'un ton convaincant que la beauté d'être fermier, c'est d'être son propre patron, de garder jusque dans la tombe sa liberté. Chère liberté payée cher, je trouve.

* * *

Tous les automnes, Jim et Anette font boucherie. Ils tuent l'énorme cochon gras, une douzaine de poules grises et le veau qu'ils ont engraissé à la moulée et au petit lait pendant plusieurs mois. Comme des écureuils, mon oncle et ma tante font leurs provisions pour le long hiver. Ils n'ont pas grand choix, les bâtiments délabrés, petits et mal isolés ne permettent pas de garder les animaux à longueur d'année. D'ailleurs, le maigre troupeau de vaches à lait qui assure leur survie est déjà à l'étroit dans l'étable.

C'est la corvée. Tout le monde se retrousse les manches. Même mémère Marie, déjà très âgée, rabougrie mais toujours verte, vient passer une semaine sur la terre. Mon oncle, qui connaît bien sa belle-mère, la confine cependant à la maison, loin des opérations. Il a ses raisons...

Jim tue d'abord les poules. C'est vite fait. Pendant qu'il leur enveloppe la tête dans sa grosse patte gauche, ma tante leur rabat les ailes le long du corps. Il étire le long cou de l'oiseau sur la bûche et clac! la guillotine tombe: un coup de hache vif, sec, de la main droite. Les plumes folles volent, le sang pisse. Décapitée, la poule court dans tous les sens, trébuche et s'écrase, les ailes déployées. Suivante!

Les poules sont plumées encore chaudes, c'est plus facile. C'est moi qui les prends par les pattes, deux par deux, et les apporte à mémère. En un tournemain, elle les évide en mettant de côté le foie, le coeur, le gésier. Puis elle les lave et les emballe pour les ranger au frais.

Vient le tour du veau, un gros morceau! L'animal qui rumine dans l'enclos ne voit même pas venir le formidable coup de masse que mon oncle lui assène, d'aplomb,

en plein front. Yeux révulsés, longue langue
baveuse, le veau s'écroule, foudroyé.

On a gardé pour la dernière journée le
gros cochon engraissé tout l'été aux
pelures de patates et aux feuilles de chou.
C'est la pièce de résistance, celle qui
demande un dernier bon coup de coeur.

Le cochon est le moins bête des animaux
de la ferme. Il flaire la mort à distance. La
sentant venir, il s'agite, se terre dans la soue
qui se transforme en arène quand mon
oncle y pénètre. L'ayant immobilisé dans
un coin, Jim lui ligote les pattes arrière et le
traîne jusqu'à la potence. Ho hisse ! Ho
hisse ! Tirez ! Tirez ! Encore ! Tirez ! De toutes
nos forces, de tout notre poids, nous tirons
sur la corde enfilée dans la poulie pour
hisser le cochon. La bête gigote dans les
airs, la tête en bas, juste au-dessus d'un
baril rempli d'eau bouillante. Elle proteste
avec l'énergie du désespoir, et surtout, elle
crie. Elle crie comme un damné en enfer.
Ses hurlements stridents, persistants,
crèvent les tympans les plus insensibles.

Les chiens aboient de loin, les oreilles
basses, la queue entre les jambes. Des
volées de pigeons énervés battent fréné-
tiquement des ailes, se cognent dans le

pignon de la grange et tombent étourdis dans le foin de la tasserie. Les enfants se bouchent les oreilles avec la paume des mains. Ils ont peur. Celui qui un jour dans sa vie a entendu les cris d'agonie d'un cochon moribond ne les oubliera jamais. Ils hantent comme des revenants.

Épuisé, le goinfre dégoulinant, le cochon n'émet plus à la fin que des sons rauques. Nous reprenons notre souffle, refaisons nos forces et notre courage. Pour la forme, mon oncle aiguise son couteau qui tranche déjà comme un sabre, un couteau au manche de bois muni d'une longue lame luisante, fine, en croissant de lune. Il empoigne fermement le cochon par une oreille et lui tranche l'aorte d'un geste vif comme l'éclair. Un trait blanc qui rougit dans la peau rose.

Ma tante tient déjà sous la gorge un grand plat en fer blanc pour recueillir le sang frais, qui pisse gros comme le bras. Aussitôt, elle se met à tourner, tourner, tourner avec une cuillère de bois pour que le sang, lui, ne tourne pas. Ainsi jusqu'à la dernière goutte. Le temps presse. Elle court à la cuisine où l'attend mémère. Ensemble elles nettoient les boyaux, cuisent le sang avec les oignons et les épices pour en faire du boudin noir, et préparent la saucisse rose en coiffe.

Une fois saigné à blanc, le corps du cochon est plongé tête première dans le baril d'eau bouillante, juste le temps nécessaire pour amollir la racine des soies. Ensuite on gratte la peau au couteau. (C'est à la ferme que j'ai compris d'où viennent les poils raides des couennes de lard salé!)

Si tout le monde se donne tant de mal pour tuer le cochon, c'est que toutes ses parties sont indispensables. Les pattes pour le ragoût du jour de l'An, le jambon à l'érable pour Pâques, le lard haché pour la tourtière des Fêtes, le rôti de porc avec les patates jaunes pour le dimanche, le bacon avec les oeufs pour le matin, les côtelettes pour la semaine avec la tête fromagée, la saucisse, les cretons et le boudin, sans compter les lardons pour les binnes[1] et la couenne pour la barbe!

Mon oncle Jim raconte à qui veut l'entendre qu'une année il n'a pas réussi à bien saigner son cochon. Anette a raté son boudin. Il dit que c'est la faute de sa belle-mère Marie qui se tenait trop près du cochon.

---

1 Fèves au lard.

C'est que mémère a la réputation d'avoir des dons de guérison exceptionnels, hérités du fameux bossu Bill Wabo. Parcourant la région à pied en suivant la voie ferrée en bon quêteux qu'il était, Bill Wabo avait l'habitude de s'arrêter chez elle le soir pour manger et dormir. Avant de mourir (ce qu'il a fait chez mémère) et pour la remercier de son hospitalité, il lui aurait confié ses secrets de guérisseur. Depuis ce jour, Marie Saint-Amour est reconnue pour ses pouvoirs. Les gens malades et les infirmes viennent de loin pour la consulter. À la ferme, c'est pareil. Elle fait disparaître les clous[1] et les verrues, guérit comme par enchantement le mal de dents et peut « arrêter le sang de couler » en imposant les mains ou par la simple force de sa pensée.

Pour les clous, avec un peu de salive elle trace une croix dessus du bout de son pouce, récite une prière inaudible et le tour est joué. Deux jours après, les plaies les plus purulentes deviennent roses comme de la peau de fesse de bébé. Mais c'est son pouvoir d'arrêter le sang qui convainc Jim qu'elle est responsable du mauvais boudin.

---

[1] Furoncles.

D'après lui, sa seule présence réussit à faire coaguler le sang du cochon!

Mémère guérit même à distance, jure-t-il. Un jour, en Abitibi, il s'est fendu le bout du pied d'un coup de hache. Le sang gicle, imbibe son chausson de laine, dégouline dans la neige. Alors il a l'idée de penser à mémère, de se concentrer sur ses dons, de lui demander d'intercéder... L'hémorragie s'arrête net. À l'hôpital, le médecin lui dit qu'un arrêt aussi brusque aurait pu être fatal pour son coeur!

Mémère a aussi une technique particulière pour éliminer les verrues. Elle les compte et, pour chacune, fait un noeud dans une ficelle. Le même soir, au coucher du soleil, elle enterre la corde en récitant ses incantations. Au cours de la nuit, les verrues disparaissent. Tante Anette raconte qu'un jour un homme couvert de verrues omet d'en déclarer une qu'il a sur les parties cachées. Toutes ses verrues disparaissent excepté celle-là!

— Heureusement pour lui, conclut mon oncle Jim, autrement il ne lui restait plus rien à ce pauvre homme!

* * *

Tard cette saison-là, ma grand-mère maternelle nous quitte pour de bon. Il y a longtemps que nous attendons sa mort. Elle était prévue, mais elle nous prend quand même par surprise. Toutes les morts, même les plus connues, sont subites.

On expose mémère dans sa maison, au fond du petit salon sombre.

La mort, c'est l'affaire des femmes, des vieux et des enfants. Habillées de noir de la tête aux pieds, les femmes veillent la morte sans interruption. Les hommes, eux, passent le temps à l'hôtel du coin de la rue. Deux ou trois fois, ils viendront faire un bref acte de présence. Puis ils se retireront pour fumer, discuter entre eux, prendre un coup ou deux.

Moi, je suis obligé de m'asseoir dans un coin sans bouger.

Mémère n'a pas l'air bien dans sa peau. À l'étroit dans son cercueil de bois vernis, entourée de couronnes de fleurs, le visage poudré, elle est à peine reconnaissable. À ses pieds, ma mère, qu'on a laissée sortir de l'hôpital pour la journée, vient déposer un énorme bouquet de glaïeuls.

J'observe Flore près de la morte. Pour la première fois, je me rends compte que les deux femmes se ressemblent. Ma mère a l'oeil sec, absent. Elle regarde sans voir. Son visage pâle contraste avec sa longue robe noire boutonnée comme une soutane de curé. J'ai l'impression qu'elle ne pense à rien... ou peut-être pense-t-elle à son enfance, ou à sa mort, ou aux jours qui lui restent à vivre? À quoi pense-t-on quand meurt sa mère? En tout cas, si c'est vraiment ça mourir, c'est bien triste. Moi j'aimerais mieux mourir comme meurent les arbres.

Les gens font des compliments à mémère à voix basse:

— Elle est quand même belle, la vieille, pour son âge!

— La chanceuse, elle s'en va au ciel. Elle le mérite bien!

— L'embaumeur a fait du bon travail. Y l'a pas trop maganée!

Soudain, sans que je sache pourquoi, les femmes en noir se lèvent d'un seul mouvement et s'agenouillent. L'une d'elles entame une dizaine de chapelet. Les prières finies, elles se lèvent comme une volée de corneilles, se rassoient à leur place et se remettent à placoter.

Vers sept heures, les hommes entrent en procession, le nez rouge, les yeux vitreux, et se rangent derrière les femmes. Ils sont en habit sombre, cravate noire, chemise blanche et souliers vernis. Je reconnais de vieux oncles et des cousins âgés. C'est l'air de famille. Robert, Jim, Russel et Jos Gauthier sont là aussi, ayant insisté pour descendre avec nous des Hauts. Ils sont aussi éméchés que mon père.

Comme sur un signal, les femmes s'agenouillent de nouveau pendant que les hommes prennent la position de la génuflexion : un genou à terre, l'autre à l'équerre, les avant-bras croisés sur la cuisse, la tête inclinée. C'est le silence total dans le salon, où se mêlent des odeurs funéraires de fleurs coupées, de bière amère, de gros gin et de sueur.

À mes côtés, mon père entame promptement le chapelet d'une voix résolue et pâteuse. « *Je crois en Dieu le Père tout-puissant, Créateur du ciel et de la terre... et...* »

Il hésite, recommence. « *Je crois en Dieu notre Père qui êtes aux cieux...* »

Oups, il s'est perdu dans ses prières, mêlant le *Je crois en Dieu* au *Notre Père* !

Mon oncle Jim, resté debout dans l'embrasure de la porte, sort dehors précipitamment. Léo s'engouffre dans les toilettes.

Robert et Russel, prosternés, la figure cachée dans les mains, menacent de pisser de rire dans leurs culottes. Ma mère, au premier rang, est rouge de colère et de honte.

Je prends alors le chapelet des mains de Shepouln. Aidé de ma bonne tante Matilda — elle sait prier, celle-là, elle est de toutes les naissances, de tous les mariages, de toutes les funérailles, de tous les miracles — je mène la dizaine à un rythme d'enfer. Russel et Robert ont retrouvé leurs esprits. J'entends même Robert qui marmonne, moqueur :

Je vous salue Marie, pleine de grâces
Y a une punaise qui couraille
Sur la muraille,
Ça fait longtemps que tu courailles
Viens icitte que je t'écrase. Amen !

La vieille Matilda, un peu sourde, n'y voit que du feu. À la sortie du salon, elle félicite Robert d'avoir prié en algonquin. Et moi, avant de partir, je vois mémère pousser un soupir de soulagement.

* * *

Un jour j'apprends que mes cousins de la ferme ont quitté un à un la terre ingrate. Puis, forcément, Jim et Anette. Ils ont vendu le troupeau, tué le dernier veau, saigné le dernier cochon, abandonné la ferme et les bâtiments, dont personne n'a voulu. Une ferme fantôme dans un rang triste et désolé aux allures de cimetière.

Jim et Anette se sont recyclés en concierges dans un gros building à Ottawa où, pendant des années, ils ont fait le ménage la nuit. Tous les deux sont morts dans la force de l'âge, ils sont morts d'ennui, d'un ennui mortel.

Chapitre 8

Le truckeur

L'automne, c'est mon ami Robert, le truckeur[1], qui approvisionne les camps forestiers en vivres pour les hommes et les chevaux. Il transporte aussi dans son camion de gros barils de gaz, des bidons d'huile, des haches, des pics, des *pack poles*[2] et les grosses charges de dynamite destinées aux draveurs.

Je profite de chaque jour de congé d'école — il y en a beaucoup — pour accompagner Robert car, avec lui, c'est l'aventure! Les routes sont à peine tracées à travers la forêt, les ponts précaires, les camps souvent difficiles d'accès. Dans le coffre à gants du camion m'attendent mon

---

[1] Camionneur.
[2] Gaffes.

paquet de tabac Players, mon livret de papier Vogue, mon flambeau[1] et, sous la vieille banquette de cuirette défoncée, ma paire de gants de travailleur en cuir. Assis aux côtés de Robert dans le camion, je suis aux petits oiseaux. Me voilà devenu pour tout le monde le *helper* du *truck driver*.

C'est Robert qui me montre à rouler ma première taponneuse. Moi j'ai besoin de mes deux mains, alors que lui, la main droite sur le volant, se roule une cigarette en un rien de temps de la seule main gauche. C'est un manchot qui lui a montré comment. Son truc épate tout le monde. En tout cas, c'est bien pratique pour un chauffeur de camion!

Mon père me répète ce que son père lui a dit: «Tu fumeras quand tu pourras te payer ton fumage.» Résultat, j'ai toujours les poches pleines d'argent, mais je ne fume pas à la maison ni devant mon père.

Robert est un militaire dans l'âme. À l'entendre parler, il a été de toutes les grandes batailles, il a délivré de l'occupation toutes les capitales du monde, il a paradé sur les Champs-Élysées, ouvert les portes de tous les camps de concentration. Il me fascine. Pendant des milles et

---

[1] Briquet.

des milles, des journées entières, il me raconte sa vie sous les drapeaux. La France, l'Angleterre, l'Italie, la Hollande, l'Allemagne, il est allé partout, il a tout vu.

Et quel conteur! Le verbe haut, le vocabulaire cru et coloré, il émaille ses histoires de mots allemands, japonais, italiens. À chaque tournant de la route, je suis sûr de voir apparaître Paris, Londres, Amsterdam ou Rome.

Je ne me lasse pas de l'écouter. Et lui me parle sans arrêt, ses deux grosses mains agrippées au volant noir qui creuse un sillon dans sa grosse bédaine molle de graisse et de bière.

Pour que je comprenne mieux, il trace les frontières des pays du bout de son index dans l'épaisse couche de poussière du *dash*[1], situe les capitales, illustre le mouvement des troupes, les débarquements. Mais ce sur quoi il s'attarde le plus, ce sont les nombreux à-côtés de la guerre: ses bagarres dans les bars, ses aventures avec les femmes. Il compare les Françaises, les Anglaises, les Japonaises. Je sais fort bien qu'il exagère, qu'il aime jouer au héros. D'une fois à l'autre, il en rajoute, mais ça ne me fait rien. Moi je le crois.

---

1 Tableau de bord.

Robert est un homme solitaire. Jamais il ne parle de sa famille, de son enfance ni d'où il vient. Je ne sais pas qui il est vraiment. On dirait à le regarder que sa vie a commencé dans l'armée. Il a rapporté d'Europe, dit-il, un plein coffre de souvenirs : un revolver allemand avec une crosse en ivoire incrustée de diamants, des balles en argent, un plein sac de dents en or arrachées sur le champ de bataille, des photographies de femmes nues (surtout des Asiatiques, pour lesquelles il a un faible), des médailles, des bottes, le casque troué de son meilleur ami tué à ses côtés d'une balle au front, des uniformes...

— Quand tu viendras à Maniwaki, me dit-il, viens me voir, je te montrerai...

Parfois Robert se met subitement à avoir chaud, sa tête entière rougit comme une torche, il sue à grosses gouttes et cherche son souffle, secoué d'interminables quintes de toux. J'ai l'impression chaque fois qu'il va y laisser sa peau. Conduisant d'une main, il se martèle l'estomac de l'autre à coups de poing. De grosses larmes lui roulent sur les joues. Cognant toujours, il baisse sa vitre, tire du fond de ses poumons un épais mucus de goudron et crache dans la verdure. Ses poumons se remettent à pomper. Je crois entendre siffler des obus dans la cabine, comme dans les films de guerre.

Robert boit comme une éponge, couche avec tout ce qui bouge, brûle la chandelle par les deux bouts. Mais, pour moi, c'est un grand, chaleureux aventurier. Il m'ouvre des horizons dont, au fond des bois, je ne soupçonnais pas l'existence. Avec lui je voyage, je rêve, je ris et je pleure.

Je sens aussi qu'il me respecte. C'est la seule personne à qui j'ose confier mes déceptions ou mes espoirs. Il m'écoute longuement, m'encourage. Quand j'ai le coeur gros, sur le point d'éclater, il le devine. Acrobate des mots et des gestes, il est capable alors de me faire oublier la réalité.

De plus, il répond sur-le-champ à toutes mes questions, même les plus indiscrètes. La seule qui l'ait jamais laissé muet, c'est : « As-tu tué du monde ? »

Cette question-là me chicote. Pour moi, la guerre c'est fait pour tuer. Tuer des ennemis. Mais je n'arrive pas à imaginer Robert en corps à corps qui plante sa bayonnette luisante dans le ventre d'un

Japonais, qui tire à bout portant sur un soldat allemand, qui égorge quelqu'un au fond d'une tranchée. Non. D'ailleurs, il n'aime pas les films de guerre. Il me dit :

— Ces histoires-là, Pien, crois-moi, c'est de la bullshit !

Quand j'aborde le sujet, Robert se tait. Pris d'une cascade de toux qui l'épuise, il accélère, change de vitesse, se roule une autre cigarette.

* * *

Dix dollars en poche ! Je suis riche ! Je calcule : un *comic* se vend vingt cents, donc je peux en acheter cinquante... Une mine d'or ! Je serre les billets roulés au creux de ma main, au fond de la seule et unique poche de mes maudites culottes courtes, que ma mère m'oblige encore à porter quand nous allons en ville.

À Maniwaki, mon père stationne sa Ford dans l'arrière-cour du grand hôtel Central.

— J'en ai pour deux minutes, qu'il me dit. Va acheter tes *comics*.

Je sais que deux minutes peuvent s'étirer et devenir une éternité. Quand Shepouln pousse la porte d'une taverne,

seul le Grand Manitou sait quand il en
sortira, et dans quel état. Pour lui le temps
bascule, arrête de compter. Pour moi il
existe encore pleinement. Heureusement
que j'ai appris à vivre dans le char[1].

J'entre de temps en temps dans la
taverne, mais pas pour longtemps. Je
n'aime pas les salles sombres, enfumées,
les murs crasseux, la forte odeur de moisi
des tapis, les cigarettes écrasées par terre.
J'ai horreur de la musique criarde qui
m'oblige à hurler :

— Papa ! Est-ce qu'on s'en va ?

— Oui ! Oui ! Je finis ma bière et on part.
V'là trente sous, va-t-en faire jouer ton
record[2] préféré.

Ce qui m'attriste et me répugne en
même temps, ce sont les personnes ivres,
écrasées devant les tables couvertes de
bouteilles. Les gestes mous, les lèvres
pâteuses, les yeux vitreux, les voix
rauques, l'odeur de bière âcre m'écoeurent.
Sans compter les batailles. On se tape
dessus à coups de bouteille, à coups de
pied, à coups de chaise. Le sang coule sur
les visages.

Mon père disparu à « la Central », je
cours au magasin d'à côté faire mes achats.

---

1 Voiture.
2 Disque.

Acheter des *comics* est un des moments forts de ma vie, une occasion que je ne troquerais pas pour une pomme de tire, un casseau jumbo de patates frites ou même un gros sac de paparmanes[1]. J'ouvre sans hésiter la porte vitrée marquée SPÉCIALITÉS - NOUVEAUTÉS. Au tintement de la sonnette, un perroquet se met à crier du fin fond de la cuisine : « Salut ti-cul ! Salut ti-cul ! Salut ti-cul ! ». Ce sont les bûcherons qui lui ont enseigné la formule.

La propriétaire, une grosse blonde ronde qui bouge de partout, poudrée et beurrée jusqu'aux oreilles, a l'air d'un gâteau de Noël crémé épais. Elle vend des bibelots originaux : des bouquets de fleurs en plastique, des palmiers en caoutchouc avec des singes en peluche grimpés dedans, des Saintes Vierges dans une grotte auréolées d'étoiles, des girafes et des éléphants en plâtre et, sur le comptoir, près de la caisse, son plus gros vendeur : un mulet en faïence attelé à un tombereau chargé de fleurs séchées et conduit par un vieux, nu-pieds, qui fume la pipe sous un large chapeau de paille. (Ma mère en a offert un à M. Gauthier pour son dernier anniversaire.)

---

1 Bonbons à la menthe. De l'anglais *peppermint*.

— Tiens, tiens, si c'est pas le beau petit gars qui sort du bois !

Je suis déjà rendu au fond de la boutique devant les grosses piles de *comic books*. La propriétaire continue, par-dessus les rangées de statuettes, de jeux et attrapes et les bonbons :

— Ton père est à la Central ? Tu lui diras que Bella est toujours là. J'ai été sa première blonde, tu sais...

Mais je ne l'écoute pas. Je suis plongé dans un autre monde, en arrêt devant les couvertures colorées et glacées des *comics* neufs, vierges. Du jamais vu, du jamais lu, que je suis le premier à toucher, à feuilleter.

J'aime les broncos sauvages, crinières au vent, qui hennissent. Les cowboys sur des chevaux puissants au galop dans un nuage de poussière. Les déserts dorés à perte de vue, les grands cactus verts aux bras levés vers le ciel, le roc brûlé du Grand Canyon, les ranches, les troupeaux de vaches, les hordes de bisons. Je connais tous les peuples indiens et leurs grands chefs : les Sioux, les Apaches, les Cheyennes, les Navahos ; Sitting Bull, Crazy Horse, Geronimo, Cochise, Red Cloud. Je connais mieux le Rio Grande à la frontière du Mexique et des

États-Unis que le fleuve Saint-Laurent, Santa Fe que Montréal, et je sais tout de la révolution mexicaine. *Viva Zapata!*

Bella, pour me faire plaisir, fait tourner un western à la mode sur le *pick up*. Willie Lamothe chante sur sa guitare:

> *Allô! Allô! Petit Michel*
> *Demain matin à ton réveil*
> *Papa viendra te chercher*
> *Et au cowboy on ira jouer*
> *Le petit Michel s'endort*
> *Joyeux, content*
> *En rêvant au lendemain...*

C'est la chanson préférée de ma mère. Elle voulait que je m'appelle Michel, à cause de la chanson, mais surtout parce qu'elle adore l'acteur Michel Noël[1] qu'elle a vu une fois dans une revue musicale à Kazabazua, au *Longest Bar in the Gatineau*. Mais mon père a tranché pour Pien. Je m'appelle donc: Pien, Michel, Oscar, Joseph. Oscar à cause de mon parrain, Joseph parce que tout le monde s'appelle Joseph.

Ayant fait une judicieuse sélection de *comics* — Roy Rogers, Gen Autry, The

---

[1] Qui deviendra le Capitaine Bonhomme à la télévision.

Lone Ranger et son compagnon Tonto, Jessie James, Broken Arrow, Rintintin — je les apporte à la caisse en deux piles.

Cinquante *comics*, c'est lourd à porter. Tout en les comptant, Bella me regarde avec un sourire vicieux, entendu.

— Sais-tu, mon Pien, que t'es un petit homme maintenant ? T'as grandi en pas pour rire !

J'aimerais autant que Bella m'oublie. À sa remarque je réplique par une blague que mon père fait au sujet de ma croissance rapide :

— Tu sais, la mauvaise herbe, ça pousse vite !

Bella rit aux éclats, sa bouche fendue jusqu'aux oreilles découvrant des dents jaunies par la cigarette. Le glaçage de son visage se fissure.

— Ouais ! T'es le digne fils de ton père. Là je te reconnais ! (Elle me passe sa grosse main potelée dans le toupet.) Tiens, je te fais un cadeau.

C'est une grosse gomme baloune rose Bazuka à une cenne.

* * *

Maniwaki a été rebaptisé Notre-Dame de la Pitoune par mon père. La coupe du bois est en effet sa seule ressource. S'il n'y avait pas de pitoune, il n'y aurait pas de ville. Le magasin de Bella, avec sa haute galerie en ciment ornée d'un garde-fous en imitation de fer forgé, est situé sur la *Main*. De là j'ai une vue imprenable sur toutes les manifestations importantes.

Ce jour-là, juste devant moi, de l'autre côté de la rue, je vois s'ouvrir toute grande la porte gigantesque du garage municipal. La sirène se déchaîne. Un imposant camion rouge vif roule lentement vers la rue, entouré d'une dizaine de pompiers volontaires en longs cirés. Les commerces se vident. La foule commence à se masser sur le trottoir.

Bella rebondit à mes côtés.

— On est le 11 novembre, la journée des vétérans, dit-elle devant mon air ahuri. Tu connais pas ça le coq-licot, l'armée-stisse?

La colonne s'ébranle : trompettes, clairons, tambours, crécelles, majorettes en jupettes et gants jaune serin, peloton de soldats.

Un très haut gradé, juché haut, les épaules carrées, svelte, fier, l'air sévère, le corps raide et mince comme une épinette noire qui a mangé de la misère, moustachu, les tempes argentées, tiré à quatre épingles dans un uniforme bien pressé, les boutons, les médailles en or et les bottines en cuir « shinées », ouvre la marche. C'est le surintendant de la Compagnie. Le grand boss !

Bella me murmure à l'oreille, tout en posant mollement ses deux seins de velours tout chauds sur mon épaule :

— Si y tombe à l'eau, celui-là, avec tout son attirail, y remontera pas !

Elle rit en cascades. Ses seins me dérangent. Elle sent le Irish Spring. Je ne la trouve pas drôle. Je cherche un bon prétexte pour la quitter, mais je reste planté là, mes deux sacs de *comics* au bout des bras.

Soudain, j'aperçois une silhouette clopinante dans le défilé. La démarche est familière, elle fait penser à une chaloupe qui pique du nez. C'est Robert ! Robert le militaire, le truckeur !

Il est au tout premier rang, avec un casque brun qui lui arrive à la hauteur des yeux, un trou de la grosseur du pouce au milieu du front. Il a enfilé son manteau d'uniforme mais n'a pas réussi à le boutonner sur le pic de sa grosse bédaine qui déborde. Du côté coeur et à l'épaule gauche sont alignées d'impressionnantes rangées de médailles militaires, de croix de guerre, de rubans et de cordons multicolores.

Je suis ému, et surtout heureux. Tellement que j'en suis cloué sur place. Tous les récits de Robert me reviennent pêle-mêle à la mémoire. J'ai de la poussière de route sur les lèvres, une odeur d'huile à moteur et de cuirette usée dans les narines. La transmission se lamente, Robert tousse, et sa voix me décrit la nuit inoubliable où il a fait l'amour avec une petite Vietnamienne entre les quatre pattes de la tour Eiffel.

Je le suis quelques brefs instants des yeux. Puis la parade disparaît au tournant de la rue.

Je n'ai jamais revu Robert. La Compagnie l'a congédié à cause de sa mauvaise santé. Longtemps je me suis demandé ce qu'il était advenu de son fameux coffre aux trésors.

Mes sacs de *comics* en sécurité dans l'auto, je me présente à la taverne pour rappeler à mon père que j'existe encore et pour m'assurer qu'il est toujours là. Il est là. Il boit. Autour, la *draught*[1] coule à flot. Il n'y a jamais assez de verres pleins sur la table. Une tournée, c'est six verres par buveur.

Moi qui suis par la force des choses un vieil habitué des tavernes, des bars et des *grills*, des *lounges* et des trous, j'ai développé une technique: au début, je reste bien tranquille. Ça ne servirait à rien de heurter Shepouln de front, au contraire. Graduellement, je me fais plus présent, attendant le moment propice pour me manifester. J'augmente la pression, mais discrètement. Je me fais des amis, j'empoche quelques dollars de buveurs généreux, je fais des courses, j'achète les paquets de cigarettes. Et, tout doucement, je convaincs. Quand enfin un de ses compagnons se lève pour partir, je saute sur ma chance.

— Et si on faisait un bout de chemin nous aussi? J'ai faim!

— OK fiston, t'as raison. C'est toi le patron, *let's go*.

Il sort en vacillant et prend le volant. Moi, je lui indique la route pendant qu'il

---

1 Bière pression.

chante à pleine voix en imitant Maurice
Chevalier: *Avez-vous vu le nouveau chapeau
de Zozo?*

   Les bouts qu'il ne connaît pas par coeur,
il les siffle ou les turlutte, son éternel
chapeau gris en équilibre sur la nuque. *La!
la! la!*

Chapitre 9

L'ours

Par un beau dimanche après-midi, un jeune bûcheron entre dans le *sleep camp*[1] en coup de vent.

— Un ours! Un ours à la dompe[2]!

Aussitôt, dix hommes sautent en bas de leur couchette, enfilent leurs bottes de cuir, attrapent leur scie, leur hache, et se précipitent dehors pour organiser une battue. Traqué, l'ours s'enfuit en poussant du museau deux petits qui retardent sa course. Les hommes ont tôt fait de rejoindre la petite famille. Ils font un vacarme d'enfer, crient, se tapent dans les mains, transforment la forêt en cirque. Pris au piège, les trois ours grimpent jusqu'au sommet d'un gros pin.

---

1 Dortoir.
2 Dépotoir.

En équilibre sur la dernière branche, ils sont pris dans un cul-de-sac, exactement ce qu'espéraient leurs poursuivants.

— Envoye! Envoye! On le «crisse» à terre!

Les ours, en haut, savent ce qui les attend. Le coeur leur bat à tout rompre. La mère grogne, les oursons pleurent, la scie grince. Lorsque les dents pointues mordent dans la chair du tronc, toutes les fibres de l'arbre se mettent à vibrer. Le grand pin est secoué d'un long frisson. Les feuilles ramollissent, se recroquevillent. Le géant craque. Alors les bûcherons commencent à pousser. L'arbre s'incline, entraîné par son propre poids. Et pendant que les ours se balancent entre ciel et terre, le colosse s'écrase de tout son long dans un fracas de branches cassées.

Les chasseurs ont gardé les yeux rivés sur les trois boules noires. Certains renversent les oursons à coups de botte, les immobilisant sur le dos, d'autres les emprisonnent dans des poches de jute. Quant à la femelle, elle sort de la tête de l'arbre, une patte de devant cassée, trébuche et réussit à disparaître dans les bosquets.

De loin, les Indiens suivent toute l'opération en silence, profondément humiliés. L'ours est un animal sacré à leurs yeux, leur ancêtre le plus lointain. Celui qu'ils appellent Mukushum. Dans une prière, ils se mettent à parler à l'esprit de l'ourse blessée. Ils expliquent à Mukushum qu'ils vont le tuer eux-mêmes, pour le libérer de ses souffrances ; ils s'en excusent, lui demandent de les comprendre, l'assurent que sa chair servira à nourrir le clan ce soir, que sa graisse sera réservée aux Anciens, que sa peau deviendra une couverture chaude, que ses os seront incinérés, son crâne décoré et suspendu à la plus grosse branche d'un arbre pour être vénéré.

Au crépuscule de ce dimanche, un coup de feu retentit, solitaire, froid, qui va droit au coeur. À la maison, nous arrêtons de manger.

Les Indiens ont tenu promesse. Les aînés, les chasseurs, les femmes et les enfants se sont partagé la graisse et la chair de l'ourse. Mais leur festin fut triste, sans danses ni chants.

Chapitre 10

Le camp forestier

Le camp de Matamek, où nous habitons, est situé à quelque 150 milles au nord-est de Maniwaki. Notre maison est voisine à la fois du *sleep camp* des bûcherons, de la couquerie et de l'*office*. La fenêtre du bureau de Shepouln donne sur une petite place traversée par un chemin de terre, où se dresse la très importante pompe à gaz[1] dont je m'occupe dans mes temps libres.

C'est Mush qui entend venir les automobiles le premier. Ensemble, nous nous précipitons au poste. Tous les véhicules, quels qu'ils soient, d'où qu'ils viennent, doivent faire le plein. Ils n'ont

_____
1 À essence.

pas le choix. Moi aussi je fais le plein : de
nouvelles fraîches, de potins, de rumeurs.
Je les enregistre — ils me seront utiles —
tout en renseignant abondamment les
conducteurs sur le territoire, l'état des
routes, des lacs, des ponts. La pompe à gaz
est un lieu stratégique, comme le salon du
barbier ou le perron de l'église après la
grand-messe du dimanche. C'est le
carrefour de l'information du camp.

Les bûcherons canadiens-français
forment une grande famille. La plupart se
connaissent de longue date. Père, fils,
cousins se rassemblent en équipes et
travaillent pour le même jobbeur[1]. Il y a
aussi beaucoup d'étrangers dans les
camps. Des Polonais, des Allemands et des
Écossais exilés et prêts à faire n'importe
quoi pour subsister.

La vie ici est en retard de cinquante ans
sur celle des villages, et pratiquement d'un
siècle sur les grandes villes. Et il s'y boit
d'énormes quantités d'alcool. Des caisses
de bière, des barriques de *draught*, des
quarante onces de gros gin, du gouffre[2], de
la bagosse[2], tout y passe. Pour bien asseoir
sa réputation, un homme cale sa caisse de
vingt-quatre sans broncher ni s'inter-

---

1 Entrepreneur.
2 Alcool frelaté.

rompre. Il ne peut pas se lever de sa chaise sans perdre la face à moins que ce soit pour aller pisser.

Avant la première grosse bordée de neige et la fermeture des chemins, Shepouln le commis prend les commandes. *Last call* de l'année. Les caisses seront dissimulées parmi la marchandise régulière dans le camion de livraison et stockées dans le *vanroom* jusqu'à Noël. Ni vu ni connu !

Les Fêtes commencent le 23 décembre. La messe de minuit se célèbre dans la couquerie, suivie du réveillon, des danses, des rigodons. Non-stop jusqu'aux Rois le 6 janvier. La visite, les anniversaires, la chasse à l'orignal, tous les prétextes sont bons pour lever le coude. Je suis témoin de scènes d'horreur les fins de semaine. Comme dans les tempêtes, j'essaie de me mettre à l'abri. Je sais par expérience que toutes les tempêtes finissent par finir. N'empêche que j'aime mieux les lundis matins que les vendredis soirs.

Les bûcherons mangent à la couquerie matin et soir. Le midi ils engloutissent sur leur lieu de travail, autour d'un feu que le contremaître a allumé, un gros sandwich au jambon ou aux cretons arrosé de thé noir sirupeux. Le sandwich avalé, ils crachent leur dernière gorgée dans la neige, pissent, se roulent une taponneuse chevelue qu'ils allument avec un tison et se remettent sur-le-champ à l'ouvrage. Ici le temps compte; il vaut son pesant d'or.

Les hommes sont payés à la corde de pitoune : quatre pieds de large, quatre pieds de haut, huit pieds de long. La compétition est féroce. Les équipes se disputent souvent âprement une bonne *bunch*[1] d'épinettes noires. Plus les arbres abattus sont gros, fournis, et la forêt propre, plus la paye est bonne. Le contremaître arbitre des bagarres où les haches volent bas et les blasphèmes haut. Des luttes de géants.

Moi, j'ai l'impression que les bûcherons n'aiment pas les arbres... En tout cas ils n'en parlent jamais. Peut-être qu'ils n'osent pas... je ne sais pas. Se sentent-ils coupables ? Ou furieux ? Après tout, c'est à cause des arbres qu'ils sont seuls, loin de leur famille. Alors ils fauchent tout, coupent à blanc.

Le bûcheron toise son arbre en serrant les dents, décide du côté où le faire tomber et trouve son point faible. Il se crache dans les mains, attaque à la hache. Les copeaux volent. Il finit à la scie. Quand il atteint le coeur, il lance son cri de mort. Un cri de victoire que l'écho répercute dans la montagne de bois franc:

— TIMMBERRR!

Le géant de la forêt, qui a soixante-quinze ou cent ans, coupé de ses racines vives, chancelle, hésite, frémit de la cime aux racines, craque, penche, s'accroche désespérément aux autres arbres qu'il ébranle et tombe foudroyé, soulevant un immense nuage de poussière de neige. Les hommes se ruent dessus, brandissant les haches étincelantes. Ébranchent! Dépouillent! Scient en morceaux! Cordent! Se frottent les mains. Puis en toisent un autre. À qui le tour?

* * *

Dans la spacieuse cuisine, luisante comme une cenne neuve, le *cook* est maître après Dieu. Il y règne en dictateur et impose sa loi aux bûcherons comme aux couquis[1].

Quand le souper est prêt, le couqui sort sur le perron sonner la « cloche », c'est-à-

---

1 Aides-cuisiniers.

dire un grand triangle de fer dans lequel il
fait tournoyer une tige de métal. On dirait
le bedeau qui annonce la grand-messe le
dimanche. Dans le *sleep camp* les hommes
se sont lavés, graissé les cheveux,
changés... et ils ont une faim de loup. Ils se
précipitent vers la couquerie! Mais sous
l'oeil sévère du *cook*, tout vêtu de blanc
sous sa haute toque, les loups se transforment en doux agneaux et les ogres en
Petits Poucets.

Les places ne sont pas assignées mais
des habitudes se créent. On se regroupe
par parenté, amitiés, affinités. Toujours il y
a une table de «sauceux»: les Gaspésiens,
surnommés ainsi parce qu'au lieu de
mettre les aliments dans leur assiette, ils
saucent leur gros morceau de pain à la
sauvette dans le plat de service qui trône
au milieu de la table. Cette façon de
manger est tolérée à condition que les
sauceux saucent entre eux, à leur table.
Sinon, ils doivent se conformer à la loi de
la majorité.

Les bûcherons sont douze par table, face
à face sur deux bancs, tassés comme des
sardines. Heureusement, ils n'ont pas à se
lever. Tout se trouve sous leur nez.

Heureusement aussi que le bruit est permis, car ils sapent, sirotent, rotent, claquent la langue. Les sauceux, eux, versent leur thé brûlant dans leur soucoupe, soufflent dessus pour le tiédir, lapent à petites gorgées. Pendant ce temps, les couquis s'affairent, remplissant les plats de service au fur et à mesure qu'ils se vident.

Les hommes ne parlent pas. Pas un mot. Que des murmures, des grognements. Ils s'envoient des messages avec les yeux, pointent du doigt ou du menton, font des signes de tête. Passent le plat de pain, la salière de verre, la théière de granit, le beurrier, les patates bouillies, les grillades de lard, les côtelettes de porc. Un bon jobbeur nourrit bien ses travailleurs. C'est la règle. Et les hommes mangent comme des ogres. Un bûcheron rendu au dessert s'approprie une tarte entière et l'engloutit à lui tout seul.

Contre le gré de ma mère, Shepouln m'autorise à souper à la couquerie deux ou trois fois par semaine. Flore, elle, n'y met les pieds qu'à Noël pour le réveillon. Moi j'y vais surtout le samedi soir (on sert plus tôt) et le dimanche midi, quand l'atmosphère est à la détente parce que les hommes ont congé l'après-midi. Ils se racontent des histoires après le repas, sortent le violon ou la musique à bouche ou gossent[1] des bonhommes dans le bois avec leur canif.

Je suis fier de manger avec les hommes. J'aime l'atmosphère, l'ordre, le rythme, le chuintement des voix, les odeurs. Et puis je suis connu: tout le monde m'appelle «le p'tit homme».

Ces bûcherons qui à table se comportent comme des anges, je les connais bien. Je les ai vus plus d'une fois au bar ou à la taverne avec mon père, saouls comme des cochons. Ils sacrent. Se battent entre eux. Vendent leur âme au diable. Bavent. Morvent. Pissent dans leur culotte d'avoir trop bu de bière. Cela ne m'a pas empêché d'établir un vaste réseau d'échange de *comic books* avec eux.

Le *cook* et ses couquis couchent dans un dortoir annexé à la cuisine. C'est qu'ils ont leur rythme de vie bien à eux. Ils vont au lit tard, se lèvent avant le soleil, font la sieste l'après-midi. Ils ont aussi la réputation d'être des fifis, comme le curé Lajoie. Des rumeurs de toutes sortes courent sur

---

[1] Sculptent.

leur compte. Moi je les aime bien. Ils sont toujours frais rasés et parfumés à l'eau de rose (ça sent le saindoux, je trouve) et ils s'occupent de moi.

Nous avons inventé un jeu que j'adore : le jeu du grand restaurant.

Le corps raide comme un piquet de clôture, la voix fluette, les lèvres pincées, les fesses serrées comme quelqu'un qui a la diarrhée, le *cook* arrive à mes côtés :

— Quelle sorte de galettes veut déguster le petit Monsieur aujourd'hui ?

De toute sa vie il n'en a fait qu'une sorte : à la mélasse.

— Quelles sortes avez-vous cuisinées aujourd'hui, cher *cook* ?

— Trois, toutes fraîches de ce jour même !

— Ah oui ? (Je fais le surpris.) Lesquelles, S.V.P. ?

— Hum... Des dures...

— Ah !

— Ensuite des plus dures...

— Oh !

— Et des pas mangeables !

— Bon ben, j'en prends une de chaque !

Crampé en deux de rire, je mange mes trois galettes à la mélasse forte, rondes

comme des soleils, en sirotant ma diche de
thé noir.

Jamais je ne parle devant ma mère de
mes incursions dans la couquerie.

* * *

Et encore moins de sexe. Mais moi, le
sexe, ça ne me dérange pas. Même que ça
me connaît. À défaut de faire l'amour, les
hommes de bois en parlent du matin au
soir. Le sexe est leur obsession. Alors ça ne
m'empêche pas de dormir.

Je vis sous un feu roulant d'histoires
cochonnes. Exploits les plus surhumains,
scores les plus fantastiques, je sais tout,
dans les moindres détails. Je peux défiler
en ordre, sans me tromper, les trente-six
positions les plus spectaculaires. Mieux
que les cinq (six?... sept?) péchés capitaux.
Ou que les dix commandements de Dieu
que j'ai déjà oubliés.

N'empêche que le soir, au chaud sous
toutes mes épaisseurs de couvertures
grises, il m'arrive souvent de tendre
l'oreille : où... quand... comment mes
parents font-ils l'amour ? Et surtout,
pourquoi ? Oui! Pourquoi ? Je les imagine

mal. Leur comportement quotidien ne laisse rien deviner. J'ai beau scruter... Un geste? Une parole? Un réflexe? Rien! Pas le moindre indice.

Chapitre 11

Jos Monferrand

Je passe bien des dimanches après-midi dans le *sleep camp* avec les «bûcheux» à écouter leurs histoires. J'aime entre autres celles qui racontent les exploits de leur grand héros : Jos Monferrand. Tous les hommes de chantier se vantent de le connaître, d'avoir un jour bûché à ses côtés, d'être un ami, même un cousin de la fesse gauche[1]. C'est à qui aurait été témoin de ses plus extraordinaires prouesses.

— Jos est plus fort qu'une *tim*[2] de chevaux, affirme M. Gauthier.

M. Gauthier, l'aîné dans le camp, est le meilleur conteur («le plus vrai de tous les

---

1 Lointain.
2 Attelage de deux chevaux.

grands menteurs», explique mon père). Il est très respecté, surtout qu'il a connu Jos Monferrand.

— C'est un solitaire. Il bûche seul, avec des outils de géant! Je vous mens pas, vous n'arriveriez même pas à swigner[1] sa hache! Ce bûcheu-là coupe pas moins de cinq cordes par jour, pis dans la grosse épinette. Il n'a même pas besoin de cheval! Ses pitounes, c'est sur ses épaules qu'il les transporte, une de chaque côté des oreilles.

Et M. Gauthier, emporté par son récit, se met à chanter comme Jos:

Auprès de ma blonde, qu'il fait bon, fait bon,
fait bon,
Auprès de ma blonde, qu'il fait bon dormir.

Les hommes se reconnaissent en Jos Monferrand, un descendant de coureur des bois, fort comme un ours, bagarreur et bon vivant, mais humble et généreux. Un homme qui travaille du soir au matin pour faire vivre sa grosse famille. Qui bûche en forêt l'hiver et qui cultive sa ferme l'été, quelque part dans la région de Hull.

M. Gauthier raconte que le passe-temps favori de Jos, c'est de narguer les Anglais:

---

[1] Manier.

— Il les rencontre au milieu du pont de la Chaudière sur la rivière des Outaouais. Entre Hull pis Byetown[1]. Je l'ai vu cent fois! Il attrape le plus costaud de la gagne[2], le prend par les pattes, le fait tournoyer au-dessus de sa tête comme un tomahawk, assomme les autres avec. Ils tombent en bas du pont un après l'autre... Pis c'est pas tout. Un jour, dans une taverne à Hull, Jos paye la traite à tout le monde. Un coup de cent piastres. Y a rien que lui pour faire ça. Tout d'un coup, tout le monde s'écarte, il s'élance, fait une culbute pis, bang! — un vrai coup de dynamite — il imprime à tout jamais l'empreinte de ses deux talons cloutés dans la poutre du plafond!

Et le conteur entonne une autre chanson du héros:

Prendre un verre de bière mon minou,
Prendre un verre de bière right through,
Tu prends d'la bière, tu m'en donnes pas,
Tu chantes des petites chansons,
Tu m'fais des belles façons,
Donne-moé-z-en donc!

Mais la meilleure histoire, celle que j'aime encore même si je l'ai entendue

---

1 Ottawa.
2 Bande, de l'anglais *gang*.

mille fois, c'est celle des frères Bull.
M. Gauthier continue :

— Jos est connu comme Barabbas dans
la Passion, vous savez. Les fiers-à-bras et
les jaloux viennent de partout pour le
défier. Mais y se laisse pas intimider. Jos a
jamais eu froid aux yeux !

« Un jour, dans les environs de Hull,
deux Écossais, les frères John et Pit Bull —
des vraies armoires à glace, les cheveux
carotte, la face ronde comme une citrouille,
tout édentés — cherchent Jos Monferrand
pour lui régler son compte une fois pour
toutes. Ils vont d'une ferme à l'autre en
demandant à tout le monde :

— *Where is that big guy by the name of Jos
Monferrand ?*

« Ils sont tellement gros et laids qu'ils
font peur aux habitants. "Par là...", que les
fermiers répondent vaguement en
montrant le bout du rang.

« Un bon matin, les deux colosses
arrivent à l'orée d'un grand champ. Ils
voient un homme qui laboure en
poussant la charrue devant lui, tout seul,
sans boeuf, sans cheval. Les deux oreilles
de la charrue s'enfoncent profondément
dans la terre noire. Sans arrêt, comme ça,

le laboureur trace de longs sillons bien droits.

« Pit et John approchent. Pit crache :

— *Where is that smart guy by the name of Jos Monferrand ?*

« Le laboureur, sans dire un mot, agrippe sa charrue par un manchon, la soulève du bras droit, la fait pivoter vers les deux Bull et pointe en direction d'une petite maison le long du chemin : "Jos, y reste là ! " Puis il redépose sa grosse charrue dans son sillon.

« Les deux bulldogs n'en reviennent pas. Ils en bavent. Si n'importe quel laboureur est capable de lever sa charrue au bout de son bras pis de labourer sans cheval, qu'ils se disent, qu'est-ce que ça sera avec Jos ? John et Pit Bull déguerpissent. On ne les a jamais revus dans le canton ! »

Chapitre 12

Le frasil

En plus de s'occuper du chantier, mon père a la responsabilité d'une petite station météorologique située au centre du camp, près de son bureau. C'est lui qui lit les longs thermomètres, mesure l'eau de pluie dans les fioles ou l'épaisseur de la neige au sol. Il note toutes ses données sur des feuilles spéciales quadrillées, puis il les transmet en anglais par radiotéléphone.

L'été, quand la compagnie le lui demande, il met en marche un brûleur au charbon muni d'une soufflerie. Le charbon est censé gonfler de nitrate les nuages porteurs de pluie et provoquer des averses là où on a besoin d'eau pour élever le niveau des rivières ou pour humidifier les forêts sèches qui risquent de prendre feu (tout ça laisse bien du monde sceptique). Shepouln a été surnommé « le faiseur de pluie », un beau nom, je trouve, pour une tâche très noble. Soir et matin je l'accompagne à la station. La météo, ça m'intéresse.

En particulier l'hiver. Un matin, à l'aurore, je vérifie la température sur le thermomètre de la maison : - 60°F[1] ! Quand je mets les pieds dehors avec Mush, je sais tout de suite qu'il se passe quelque chose d'étrange. J'ai l'impression de me trouver dans un autre monde, en suspension comme un flocon de neige, un duvet d'oie dans le vent. L'air glacial me brûle la gorge et les poumons. Des particules de frasil[2] blanchissent le museau de Mush ; des glaçons pendent à ses narines, comme des moustaches chinoises. Ses longs poils se gonflent pour isoler son corps.

Nous marchons tous les deux sur une immense toile blanche, immaculée, aussi vibrante qu'une peau de tambour. Les pattes de Mush tambourinent et mes pas crissent, résonnant dans toutes les fibres de mon corps. Mes pas battent sur mes tympans.

---

1 - 50°C.
2 Glace.

Je grimpe sur un tas de neige durcie amoncelée par le tracteur entre l'*office* et notre maison. Juché sur cette montagne, je me fige devant l'étrangeté du paysage. J'ai la chair de poule. Pas de froid, mais d'émoi. La beauté du spectacle, l'immobilité de la nature givrée me pétrifient. Tout est de glace, de silence, de poudrerie légère qui rôde et traîne à ras du sol.

Engoncé dans mes épais vêtements d'étoffe du pays, j'ai l'air d'un scaphandrier. Ma mère, qui a une peur bleue du froid, a confectionné mon anorak dans le vieux manteau d'hiver de son père. Il est confortable, chaud, sécuritaire et sécurisant. Quand il fait soleil et que le vent soulève en poudre la neige folle, les longs poils roux de renard qui bordent mon capuchon en hublot se constellent de flocons brillants comme des étoiles polaires.

Les étoiles... Un soir que mes parents étaient partis en voyage et qu'ils m'avaient laissé chez Mary, j'ai demandé à Kokum :

— Kokum, où vont les étoiles le jour ?

Les membres de son clan étaient assis sur des bûches autour d'un feu de bois devant sa tente. Les étincelles traçaient des

lignes de lumière dans l'obscurité, illumi-
nant la nuit comme un feu d'artifices. Les
étoiles étaient si grosses, si proches, que
j'aurais pu les prendre dans mes mains en
étirant les bras. Kokum m'a répondu :

— Les étoiles qui brillent au-dessus de
nos têtes sont les feux de camp de nos
Ancêtres qui veillent sur nous. Au petit
matin, elles glissent sur le dernier rayon
de lune et vont se nicher dans tout ce qui
brille. Dans tes yeux quand tu es heureux,
dans tes larmes quand tu pleures.

Ce matin-là, seul sur la montagne
blanche, je fais la découverte de ma vie. Je
m'éprends du froid et de la neige. Calme
et bouleversé à la fois, je me mets à danser
avec le souvenir des aurores boréales au
bal des étoiles.

Chapitre 13

Stand à linge et cor d'eau

Quand le printemps revient, ma mère insiste pour qu'on lui installe une corde à linge. Dans son esprit, une maison sans corde à linge n'est pas digne de ce nom. C'est une grange, une *shed*[1], une cabane... mais pas une maison!

Flore a de bons arguments: une corde à linge, c'est une marque de civilisation, l'image d'une vie familiale, un art de vivre. Nous avons donc un « stand à linge » contre le mur de notre maison. Sûrement, dit mon père, le premier stand des Hauts, et le seul à cinq cents milles à la ronde! C'est un genre de plate-forme carrée, sur pilotis, avec un garde-fou, une

---

1 Remise.

rampe et un escalier de trois marches. À hauteur d'épaule, une corde métallique court sur deux poulies, l'une fixée au mur, l'autre soixante pieds plus loin sur un gros bouleau. Quand on demande à mon père où il habite, il répond : À côté du stand à linge ! On ne peut être plus précis.

Tous les lundis que le Bon Dieu amène, ma mère fait le lavage. Grimpée sur le stand, elle pend haut et court notre linge à sécher. La poulie, comme toutes les poulies qui se respectent, grince quand Flore pousse la corde. Cela fait son bonheur.

Le lundi, les Indiens font un détour pour voir la corde à linge, ma mère, notre garde-robe qui bat aux quatre vents et entendre grincer la poulie. Ils s'assoient un instant sous les arbres, bourrent leur pipe et discutent entre eux, discrètement, sans même regarder le stand. Ils n'ont jamais rien vu de pareil.

* * *

Nous avons dans le coin de la cuisine, près de la porte, un gros cor à eau[1] en bois.

---

1 Réservoir, de l'anglais *quart*.

Un cor rond cerclé de fer, relié à l'extérieur par un dalot[1]. Une fois par semaine, le vendredi, le chowboy[2] M. Gauthier (le conteur d'histoires), passe et livre l'eau de place en place avec Negger, son cheval noir — un vieux «piton» à l'air de chien battu, qui traîne sans se presser une énorme tonne remplie d'eau de la rivière. On les entend venir de loin à cause des grelots accrochés aux cordeaux. Et aussi parce que Jos Gauthier sacre comme un charretier.

— Henvoye ! Henvoye ! Guedeppe[3] ! Negger, tabarnac ! Henvoye donc, grosse vache !

(« C'est pas grave qu'il appelle son cheval Negger, me dit Shepouln, il n'y a jamais eu de Noirs dans le bois. Negger, c'est juste le nom du cheval. »)

Ce qui me rassure, c'est que Jos Gauthier aime son cheval. Il en prend soin, l'étrille, le nourrit. Quand il fait trop froid, il lui jette une couverture sur le dos. D'ailleurs, c'est Jos qui s'occupe de tous les chevaux de la Compagnie. Il y en a cinquante, c'est pas rien. Les bûcherons l'estiment car il est très consciencieux.

Negger est un vieux routier. Quand il arrive à hauteur du dalot, il arrête le

---

1 Tuyau carré, en bois.
2 Homme de corvée, de l'anglais *chore boy*.
3 Plus vite ! de l'anglais *get up*, lève-toi !

traîneau. Alors Jos frappe sur le mur de la maison avec le fond de son seau. À l'intérieur, ma mère enlève le couvercle du cor à eau et tape sur le tuyau avec son manche à balai. C'est le signal. Jos verse l'eau dans le dalot, un seau après l'autre. L'eau arrive par gros paquets en chutant bruyamment dans le fond du cor. Ma mère suit l'opération à l'oreille. Quand le baril est plein à ras bord, elle tape à nouveau, remet le couvercle. La maison sent l'eau.

— Hue, Negger, tabarnac! Guedeppe!

Jos Gauthier crie sans même toucher aux guides. Il commande pour rien. Negger suit son rythme et son chemin, imperturbable. J'ai l'impression qu'il s'amuse derrière ses oeillères. Il y a longtemps qu'il connaît la route par coeur!

souper. Son poisson éviscéré, il rejette les intestins à l'eau, gratte les écailles, nettoie sa prise, la range dans le coffre. (Une bonne fois, en remontant dans l'auto, il laisse tomber : « Le jour où les Indiens achèteront toute leur nourriture au marché, il n'y aura plus d'Indiens... » Peut-être bien qu'il a raison.)

Pour ma mère, le poisson ne se mange que le vendredi, et encore, par obligation ! L'Église catholique a décrété, en effet, que le vendredi est un jour maigre, un jour où il faut se priver de viande et faire pénitence pour expier les péchés du monde. Tandis que Flore respecte scrupuleusement ce règlement, mon père s'en fiche.

Leur entêtement donne parfois lieu à des scènes cocasses. Si Flore fait des binnes — encore ! — Shepouln enfouit dedans un gros morceau de lard salé pour les relever ou bien, à la dernière heure, il y cache une belle perdrix dodue... Ou encore il fait mijoter un ragoût de castor en jurant que le castor est de la même famille que les poissons puisqu'il vit dans l'eau lui aussi. Donc il a le droit d'en manger...

Ses amis de la ville découpent pour lui les recettes publiées dans le journal *La*

Chapitre 14

Au jour le jour

Je n'ai jamais vu ma mère une canne à pêche à la main. Mais elle aime bien regarder mon père pêcher. Alors il l'emmène avec nous.

Pour qu'elle ait une bonne vue de la rivière, il gare l'auto au milieu du pont et va jeter sa ligne en amont, tout près, dans l'eau noire. Flore ne sort pas de l'auto à cause des moustiques.

— S'il y a un seul maringouin, dit-elle, c'est à moi qu'il s'en prend.

Cela l'amuse de voir mon père attraper un beau doré ventru, un grand brochet verdoyant ou une truite mouchetée. En un rien de temps, il a pris ce qu'il faut pour

Patrie. Une année, il s'est même fait venir un livre de recettes par le courrier : *La cuisine raisonnée*, qu'il a lu comme un roman, page par page. D'ailleurs Shepouln ne commande pas seulement des livres. Un jour arrive une mystérieuse boîte qu'il pose sur la table de la cuisine. Prenant mille précautions, il en retire une meule ronde jaune... Mais quelle odeur ! Quelle horreur !

— Jette-moi ça, c'est pourri ! crie ma mère.

— Pouah ! Ça sent mauvais ! lance ma soeur en se pinçant le nez.

— C'est du fromage Oka, dit mon père, surpris par l'odeur lui aussi.

Voilà un aliment que nous ne connaissons pas.

Mon père est bien obligé de s'en couper une pointe et de se la mettre dans la bouche. Les yeux ronds, nous attendons tous sa réaction. En silence, les lèvres pincées, Shepouln prend bien son temps. Il goûte sérieusement. Puis il a l'heureuse idée de conclure :

— Mangez-en, ça ne goûte pas ce que ça sent !

* * *

Flore, elle, n'a pas de telles passions. Son mari l'écrase, prend toute la place. Même à la maison où pourtant elle devrait régner. Il n'y a qu'à Noël qu'elle reprend ses droits. Aux dernières Fêtes, le missionnaire lui a dit:

— Flore, vous faites les meilleures tourtières au monde. Elles sont inégalables, divines, un vrai délice!

Ma mère, peu habituée aux compliments, est devenue rouge comme de la gelée d'atocas. La seule autre fois où je l'ai vue s'embraser à ce point c'est quand je suis parti de la maison pour aller «marcher au catéchisme»...

Il était grand temps car j'avais huit ans, peut-être neuf. En tout cas, j'étais déjà vieux et je n'avais pas fait ma première communion. Quel scandale! Ma mère en faisait des cauchemars, me voyait brûler dans le feu de l'enfer.

Wow! Deux semaines chez grand-maman et grand-papa à me faire dorloter! Le seul inconvénient, c'est que tous les matins je devrais aller à l'église écouter le curé et les soeurs parler du Bon Dieu, de la Sainte Vierge, de notre Sainte Mère l'Église, et apprendre le catéchisme.

Mme Fleury, à l'école, m'a bien préparé :

— Combien y a-t-il de personnes en Dieu ?

— Trois. Pourquoi trois ?

— Tais-toi ! C'est pas toi qui poses les questions.

— OK !

— Nomme-les.

— Le Père, le Fils, le Saint-Esprit.

— C'est bon. T'es prêt ! Oublie pas les dix commandements de Dieu, ni les sept péchés capitaux.

Mais c'est le grand Jean qui m'a le mieux conseillé. Il est déjà passé par là.

— Assis-toi au milieu de la gagne, écrase-toi sur ton banc, dis pas un christ de mot, fais pas le fanfaron, tu vas être correct !

Marcher au catéchisme, c'est important. Je me sens déjà grand. Le matin du départ, sur le perron, je m'arrête un instant près de ma mère qui se tient debout sur la dernière marche de l'escalier, à ma hauteur. Je ne sais pas pourquoi (un moment de folie ?), je lui dis : bye bye, maman ! et je l'embrasse sur sa joue blême, tout d'un coup. Smac ! Un gros bec, fret, net, sec comme une claque ! Je ne sais pas ce qui m'a pris.

Vraiment pas. Ma mère ne m'a pas vu
venir. Elle se raidit, flambe comme une soie
de bouleau qu'on jette sur des tisons
ardents. Je l'ai mise toute de travers.
Sûrement que j'ai commis un gros péché
dont je devrai me confesser. Un péché
mortel. L'enfer !

* * *

Bref, c'est vrai qu'elles sont bonnes, les
tourtières de ma mère. Stimulée par le
compliment du curé, Flore a donc préparé
à Noël une douzaine de tourtières et un
énorme gâteau des Fêtes aux fruits confits.
Un gâteau à trois étages soutenus par des
colonnes, décoré d'anges en sucre aux
quatre coins, et surmonté d'une étoile de
Bethléem. Nous en avons mangé tous les
dimanches jusqu'à la Saint-Jean-Baptiste !

Le reste du temps, ma mère boulange
notre pain. Tous les jours. Chaud, ça va,
mais dès qu'il refroidit, la croûte devient
dure comme du bois. De la roche plutôt !
Un midi, pour faire une blague à ma sœur
assise à l'autre bout de la table, je lui lance
un quignon qu'elle reçoit carrément dans
l'oeil. C'est la crise d'hystérie. Comme

d'habitude, elle court se réfugier dans les jupes de ma mère qui, comme d'habitude aussi, prend sa défense. Ma soeur a un oeil au beurre noir! Heureusement, mon père n'est pas là. Il est allé avec la maîtresse en ville faire des achats pour l'école.

À chaque repas, ma mère étale sur la table tout ce que nous avons : le sel, le poivre, le sucre, le pot de moutarde, la bouteille de ketchup, les cornichons sucrés, salés, marinés ; les confitures de framboises ou de bleuets, la pinte[1] de mélasse, son pain de ménage et, quand il y en a, des tomates, des concombres, des petits oignons verts plantés dans un verre d'eau et la «canne» de lait Carnation. Après viennent la théière, la soupe aux pois, le plat de patates bouillies et la viande, généralement des grillades de lard salé.

Je me demande pourquoi elle met tout sur la table chaque fois. De l'armoire à la table, de la table à l'armoire. C'était peut-être comme cela chez elle, à la ferme? Sa façon peut-être de montrer que nous avons à manger en abondance? De conjurer le sort? «S'il y a une chose qu'on n'oublie pas, laisse-t-elle tomber un jour, c'est

---

1 Mesure anglaise équivalant à un peu plus d'un litre.

d'avoir eu faim à en mourir, même si c'est rien qu'une fois dans sa vie...»

Sa phrase passe inaperçue des autres, mais moi j'ai bien entendu. Elle me trotte dans la tête, s'incruste au fond de ma pensée. Avoir faim à mourir... Une seule fois dans sa vie, avoir faim... avoir faim...

Aujourd'hui, la couenne de lard est dure comme une semelle de vieille botte. Pour m'inciter à tout manger, ma mère m'avertit:

— Mange tes couennes de lard si tu veux avoir de la barbe plus tard.

Je mords courageusement dans mes couennes jusqu'à en avoir mal aux mâchoires. Ma soeur se rebiffe. J'essaie de la convaincre:

— Tu peux les manger, tes couennes. La barbe, c'est vrai rien que pour les gars. Regarde maman, elle n'a pas de poils, et elle en a mangé des couennes quand elle était jeune.

En parlant, je m'aperçois que j'ai du mal à imaginer maman enfant ou jeune. J'ai le sentiment qu'elle a toujours été telle qu'elle est. Pourtant, elle a été jeune comme tout le monde. Moi qui m'invente des univers, qui donne des noms aux arbres, qui en fais des grands chefs, des héros, des géants... moi, voir ma mère enfant, je n'y arrive pas, c'est impossible, impensable! Je me demande si les autres enfants peuvent s'imaginer leur maman petite...?

Mais ma soeur réplique tout de suite:

— Maman n'a pas de barbe, c'est vrai, mais mémère, elle, en avait!

C'est vrai, mémère Saint-Amour, elle en avait. Je ne la connaissais pas beaucoup mais je me souviens d'elle. Quand j'arrivais chez elle, elle me serrait dans ses bras courts et ronds, m'assoyait tout d'un coup sur ses larges cuisses, et me prenait la tête entre ses gros seins chauds, mous comme des oreillers de plume. Elle me donnait un gros bec retentissant et piquant sur la joue. Je me rappelle, elle avait une moustache noire bien fournie et, sur les joues et les bajoues, des touffes de poils rudes comme des feuilles de choux gras[1]. Je l'aimais. Je crois bien que mémère était une sorcière.

---

[1] Chardon.

Chapitre 15

La lampe Aladin

Ma mère tient à sa lampe Aladin comme à la prunelle de ses yeux. Transmise de mère en fille dans sa famille, cette lampe à l'huile lui a été offerte, comme le veut la tradition, le jour de ses noces. Fragile, mesurant près de trois pieds de haut, elle est munie d'un long globe de verre posé sur un pied en faïence de couleur crème orné de draperies et de glands en rond-de-bosse. La paroi qui entoure la mèche est en cuivre massif ciselé.

Flore est la seule personne autorisée à toucher à sa lampe. Quand le soleil commence à baisser à l'horizon — jamais plus tôt — elle la sort de sa chambre à coucher en la portant à deux mains comme un ostensoir. Puis elle la dépose sur la table, fait le plein d'huile, lave la cheminée à l'eau tiède savonneuse, la sèche avec un linge à vaisselle propre (elle préfère le papier journal chiffonné mais en a rarement sous la main...). Une fois nettoyé, le globe mince et délicat est presque invisible.

Notre lampe fait l'envie des voisins et intrigue les Indiens.

À l'heure où le jour bascule, la forêt comme un énorme mur se rapproche. Son étau se resserre autour de la maison et de ses habitants. Dans la montagne les loups commencent à hurler.

Alors ma mère mouche l'épaisse mèche[1] ronde de sa lampe et l'allume avec une allumette de bois. De minuscules flammes bleutées se mettent à danser la farandole, courant autour de la mèche en s'étirant, jusqu'à s'unir dans un halo parfait, frémissant, d'un beau bleu azur. C'est à cette heure, entre chien et loup, que m'apparaît le plus clairement le désarroi de ma mère. Toute sa tristesse. Ma mère qui frotte, polit, mais qu'aucun génie ne vient jamais consoler...

---

1 En coupe la partie brûlée.

Ensuite, Flore prépare notre souper. Sans un mot. Assis au bout de la table, je la regarde faire. Elle ne me voit pas. Suis-je même là pour elle? Cependant, au fur et à mesure que nous envahit la nuit, la lampe opère sa magie. Plus il fait noir dehors, plus il fait clair dedans. Elle crée notre intimité, elle nous rassemble; nous reprenons vie dans le petit cercle de sa lumière.

C'est à la lueur de la lampe Aladin que je fais mes devoirs. Mon père me surveille, m'encourage, me corrige. Il est sévère, parce qu'il a l'instruction en haute estime. Heureusement pour moi car l'école ne m'occupe pas beaucoup. Ici, dans les Hauts, la maîtresse n'enseigne pas forcément toute l'année. Parfois, elle s'ennuie, parfois elle tombe enceinte. Alors elle plie bagages en décembre ou janvier...

C'est donc à la lumière de la lampe, dressée comme un phare au milieu de la table, que je trace mes premières lettres. Mon père me dit:

— Écris.

Je réponds:

— OK! Quoi?

Il réfléchit... Ce qu'il connaît le mieux par coeur, en anglais et en français, ce sont les deux premières strophes de l'hymne national, le *Ô Canada*! Alors il les récite de mémoire puis épelle les mots.

Ô Canada, terre de nos aïeux,
Ton front est ceint de fleurons glorieux...

L'important pour lui c'est que je connaisse l'alphabet, que je sache lire et compter, et surtout, que j'écrive lisiblement.

— Si tu as une belle main d'écriture, me répète-t-il, tu iras très loin!

Quand il a fini d'aiguiser minutieusement mon crayon à mine avec son canif (pour mettre toutes les chances de mon côté) il me donne une dictée de lettres.

— Écris bien entre les lignes, sans dépasser!

— OK! Je suis prêt!

Bien appliqué, la langue tirée, je trace pour lui une ligne de A.

— Des A avec une queue...!

Une ligne de B.

— Des B bien droits, avec une barre, sans bavures!

Une ligne de C.

— C'est pourtant pas sorcier, un C rond, c'est rond!

Je ne me rends jamais plus loin que M et N. Là, je coule à pic. Mon père prend ma feuille, l'approche de la lampe, les sourcils en accent circonflexe, le front barré. Mes lettres sont grosses et grasses, elles tanguent. Je crains le verdict.

Un soir, il scrute attentivement mon devoir dans le halo de lumière. Il prend plus de temps que d'habitude. Je m'inquiète. Ses yeux bleus, que j'essaie de lire, n'ont pas leur reflet habituel. Finalement il conclut en hochant la tête :

— On dirait une tempête sur le Grand Lac Victoria.

Et, avec un sourire timide, il pose sa main sur mon bras pour me rassurer.

Pendant ce temps, pour s'oublier, ma mère s'est laissée sombrer dans un sommeil profond, coulant au fond de son lit comme un navire qui fait naufrage.

Chapitre 16

Les taponneuses de ma mère

Flore fume comme une locomotive à vapeur. D'ailleurs le train passait juste derrière la maison familiale de son enfance. Ma mère raconte que son père s'est fait écraser par le train en se rendant au presbytère pour la publication des bans[1]. C'est pour cela qu'elle s'est mariée en noir. Elle portait encore le deuil de son père. C'est tout ce que je sais de mon grand-père maternel.

Ma mère fume taponneuse sur taponneuse : des petites cigarettes maigres qui lui collent aux commissures des lèvres. Son dimanche après-midi, le jour du Seigneur, elle le consacre à les rouler. Une

---

1 Annonce publique d'un mariage.

à une, elle les corde sur la nappe cirée de la table de la cuisine, méticuleusement, du bout des doigts, comme les bûcherons qui cordent leurs pitounes de quatre pieds. Des pitounes fraîchement coupées, bien alignées, prêtes à être comptées.

En un tournemain elle a dévissé le couvercle de sa « canne » de tabac Sweet Caporal, puis déplié le lourd emballage de papier de plomb. Une forte odeur de tabac frais se répand dans la cuisine. Je vois ses narines frémir. Le saisissant par grosses poignées entre son pouce et ses deux doigts jaunis, elle disperse le tabac en vailloches[1] devant elle, en pique une pincée, l'étale dans la fente de la rouleuse à courroie, tire une feuille de papier du livret Vogue, mouille d'un trait de langue humide, de gauche à droite, la ligne jaune préencollée, introduit le papier bien droit à un bout de la rouleuse, pousse des deux mains. Les rouleaux roulent, se croisent, le tabac disparaît dans les entrailles de la machine et, comme par enchantement, surgit une cigarette toute faite, ronde et blanche, qui roule sur la table. Je n'y comprends rien. Il y a là pour moi une opération du Saint-Esprit.

---

[1] Petites bottes, comme de foin.

Flore s'allume sur-le-champ une première cigarette, pour profiter tout de suite de sa fraîcheur. Pigeant une allumette de bois dans sa boîte E.B. Eddy, elle la coince dans le repli de son index et, avec l'ongle du pouce, elle fait craquer le soufre qui s'enflamme subitement, comme la mèche d'un pétard. La fumeuse enfumée lève légèrement la tête, ferme à demi les yeux (on dirait une chatte qui sommeille), regarde un moment dans le vide, aspire profondément. Le tabac rougit. Le papier noircit. Ma mère expire son soulagement. Les étincelles volent, planent, chutent sur la nappe déjà picottée de taches brunâtres. Du revers de la main, Flore balaie les tisons de tabac qui tombent sur le plancher.

Des fois elle s'invente un jeu solitaire: elle compte ses cigarettes à chaque «canne» et nous demande de deviner combien elle en a roulé. Son grand plaisir c'est de battre son record d'une semaine à l'autre.

Quand ma mère a bu, elle fume encore davantage et se maquille, se frise avec des bigoudis, se parfume, se vernit les ongles au Cutex, s'enduit les lèvres d'une épaisse couche de rouge.

Chaque fois que j'entre à la maison et que j'aperçois les mégots rouges écrasés dans le gros cendrier en verre fumé, le coeur me lève. Chaque fois, je tourne les talons.

Chapitre 17

Je pense en rond

Mush dort comme une marmotte, roulé en boule sous mon lit. Il ronronne. Et moi je rêve, les yeux grands ouverts sous mes paupières fermées. Je m'imagine la lune en croissant et les étoiles... Je sens la brise fraîche m'envelopper comme un drap léger, frôler ma peau comme une plume dans le vent.

Je me vois hibou survolant en silence les têtes pointues des épinettes noires, décrivant de mes ailes déployées de grands cercles concentriques.

Dans le noir et la quiétude, je pense. Mon esprit est en voyage. Je m'en vais loin, très loin. Je reviens. Je repars. Je pense en rond.

Mes idées nomades se poussent, se traînent, s'entraînent, comme les gouttes d'eau du ruisseau qui roulent vers l'océan, les unes par-dessus les autres. Mes pensées dansent le *makoucham*[1] dans ma tête au son du tambour de mon cœur.

Pourquoi est-ce si difficile d'être heureux le jour ?

---

1 Fête traditionnelle des Indiens, avec danses, chants, festins.

Chapitre 18

Russel le Montagnais

Il n'y a qu'un Indien qui travaille pour la Compagnie. À son rythme et à sa façon. Personne ne lui dit quoi faire. Personne ne pourrait faire ce qu'il fait. Mais quand quelqu'un parle de l'« Indien », tout le monde sait de qui il s'agit.

Moi je sais qu'il s'appelle Russel MacPherson et qu'il est Montagnais. S'il est le seul à l'emploi de la Compagnie, c'est qu'il n'entre pas dans l'esprit de ses frères restés nomades qu'un être humain puisse travailler à la solde d'un autre, de sept heures du matin à six heures du soir, sept jours par semaine parfois. Eux trouvent beaucoup plus normal de chasser, pêcher

et trapper pour gagner leur vie. Mais
Russel a grandi au milieu des Blancs, il est
différent : même, il répond d'abondance
quand on lui pose des questions !

L'Indien a une stature impressionnante.
Très mince, il mesure six pieds, pèse deux
cents livres... Deux cents livres de muscles
durs et souples, à fleur de peau et d'os. Ses
cheveux ne sont pas noirs et drus comme
ceux des autres Indiens de la région, mais
cendrés et grisonnants aux tempes. Il les
coupe en brosse. Le visage comme un
taillant de hache, il arbore fièrement une
moustache raide, du genre *pinch,* dont il
prend grand soin.

Tous les matins, beau temps mauvais
temps, il se fait la barbe dans le bois. C'est
un rituel ; il chauffe l'eau sur le petit poêle,
accroche un miroir rond au poteau de sa
tente, se savonne les joues et la gorge au
blaireau, affile son rasoir sur une ceinture
de cuir et là, comme un clown, la figure
toute blanche de mousse, il se met à chanter
son refrain, toujours le même, en anglais,
sur l'air de *Malbrough s'en va-t-en guerre* :

Ooooooo !
I hate to get up in the morning !

I hate to get up in the morning, to get up in the morning!

Et il hurle *Mooorninng* en imitant le loup.

L'Indien est un homme de rivière. Un génie de l'eau. Comme mon grand-père, il connaît toutes les rivières par leur nom. A navigué sur chacune. Partagé ses moindres caprices. Parle d'elle comme on parle d'une amie que l'on chérit au fond de son coeur et que l'on respecte. Toutes les rivières sont des *mistachipu*, c'est-à-dire des cours d'eau puissants, forts d'une force spirituelle. Les rivières sont des déesses. Toutes sont sacrées.

Navigateur remarquable, Russel est chargé d'apporter vivres et courrier aux hommes qui, le printemps et l'été, dravent les rivières et les grands lacs à partir de campements inaccessibles par la route forestière.

Mon ami Robert, le truckeur, dans son gros camion rouge International, commence par déposer Russel, son canot et la marchandise au pont le plus près du camp des draveurs. L'Indien y transfère ses ballots dans de gros sacs en toile de lin. Il les pèse à bout de bras, les jauge, les charge délicatement suivant un ordre précis. C'est qu'il y va de sa vie.

Les sacs les plus lourds vont au milieu, calés pour abaisser le centre de gravité, les plus légers sur le dessus et les pièces fragiles, qu'il faut garder au sec, dans le creux de la pince. Russel ficelle solidement la cargaison aux plats-bords et aux traverses des sièges avec de fines babiches. Ensuite il la recouvre d'une bonne bâche. Tout est prêt!

Son canot, laminé de cèdre, mesure vingt-quatre pieds. L'Indien l'a construit lui-même, à Mingan, sur la Côte-Nord du Saint-Laurent. Il est solide, léger, se marie avec l'eau, joue dans les courants.

Debout à la perche, l'Indien remonte le courant en suivant le chenail creusé par l'eau vive au printemps. Sans cesse il surveille la ligne de flottaison. Pour sauter les rapides, il se fait léger comme un oiseau. L'aviron à la main, il bat des ailes, se contorsionne comme un danseur en poussant des Oh! des Ah! des Iii! pour oublier le danger. Il parle à son canot, le flatte, le remercie!

— C'est bon, on y va. Attention! Attention! Bon, c'est bien. Comme ça.

Continue. À droite, à droite! C'est bien! Droit devant! Doucement... Vas-y, mon vieux, fonce maintenant, lâche pas!

Au pied des sauts, la rivière comme par miracle se calme tout d'un coup. Le bruit lointain des cascades meurtrières s'estompe. Épuisé, trempé, l'Indien s'assoit à la proue, l'aviron sur les cuisses, tire de sa poche arrière un grand mouchoir carré, bleu à pois blancs, et s'éponge le front, la figure, le cou. Il scrute en même temps la rivière. Et il reprend le courant.

Quand on lui demande comment il fait pour choisir la bonne passe, éviter les récifs à peine visibles ou la chute infranchissable qui l'attend au tournant, il répond: «Je navigue à l'oeil et à l'oreille. Comme un violoneux qui joue le reel du Pendu.»

Une fois par semaine, Russel transporte deux longues caisses remplies de bâtons de dynamite, des rouleaux de mèche et, dans de petites boîtes en bois, de dangereux détonateurs rangés dans des compartiments isolés avec de la ouate.

Un jour la rivière est de mauvaise humeur. Elle rue de tous les côtés, dans la pluie et le vent, roule dans un vacarme d'enfer. Or c'est le *dynamite day*. L'Indien pousse son canot dans le courant quand une énorme vague le soulève comme un copeau et le rabat sur une roche plate. Alors les vagues le prennent d'assaut. Tout peut sauter. En une seconde, Russel est à l'eau jusqu'au cou. D'un formidable coup d'épaule, il dégage le canot et le relance au cœur des flots agités. Il agrippe le plat-bord d'une main, de l'autre il se hisse sur la roche ferme, pousse de toutes ses forces et se catapulte dans son embarcation.

— Vas-y! Vas-y, mon vieux! Oh! Oh!

L'Indien et son canot dansent sur les flots.

* * *

Le jour de mes dix ans, mon père m'amène à la pêche et, l'après-midi, me laisse chez Russel pour la fin de semaine. C'est le plus beau des cadeaux. Avec Russel je suis presque un homme, je jouis d'une très grande liberté. Pour moi, l'Indien est un deuxième père.

Ce soir-là il nous prépare de la *bannique*[1] et un plein chaudron d'outarde qu'il fait mijoter sur le petit poêle. L'arôme de farine grillée et de viande sauvage parfume la

---

[1] Le pain des Indiens.

tente, creuse l'appétit. Russel sait que je salive à la seule pensée de tremper mon pain dans le jus de cuisson. Plus tard, nous mangeons avec nos doigts, assis au fond de la tente sur un tapis de branches de sapin, et nous parlons nourriture. Russel raconte ses pêches, ses chasses, ses beaux campements au pied des chutes ou au milieu des portages.

— Tout ce que nous mangeons, me dit-il, est un cadeau du Grand Esprit.

Et il ajoute :

— Il faut faire une pause avant de manger et se dire que le repas que nous allons prendre est le dernier. C'est ce que ma mère m'a enseigné. Plus je vieillis, plus je me rends compte qu'elle a raison. Il faut toujours se souvenir que nous mangeons, que nous buvons, que nous respirons pour vivre.

J'écoute. Après le repas je lui demande :

— Tu te souviens de tes dix ans ?

— C'est sûr ! La vie était bien différente en ce temps-là. On se plaignait pas le ventre plein comme aujourd'hui ! Mon père et Antan, mon frère aîné, trappaient et chassaient tout l'hiver : le castor, la loutre, la martre, le renard. C'était très dur. Moi, le plus jeune, je restais au campement avec ma mère et mes soeurs. Il fallait bûcher le bois de poêle, aller chercher l'eau fraîche, lever les filets, visiter les collets à lièvre. Il y avait toujours quelque chose à faire...

« Joséphine et Philomène, mes deux soeurs, sont mortes de tuberculose, tu sais. Elles ont pris froid, un hiver, n'ont pas résisté. Comme beaucoup d'autres Indiens d'ailleurs.

— Vous échangiez vos fourrures au printemps ?

— Oui, au poste de la baie d'Hudson. La moitié de nos prises servait à payer nos dettes, l'autre à faire nos achats : munitions, farine, thé, sucre, tissus, fil... En ce temps-là, la Baie n'avait pas de sacs ou de boîtes. Tout était emballé dans de la toile. Ma mère, qui est bonne couturière, confectionnait des vêtements dans la toile des poches de fleur[1] Robin Hood. Les grands caleçons de ma soeur étaient marqués Robin Hood sur une fesse. Ça nous faisait bien rire.

« Ma mère nous a raconté qu'au début de son mariage elle s'était taillé un ensemble de sous-vêtements neufs, en toile de poche, qu'elle avait brodés de fleurs, pour accueil-

---

[1] Farine, de l'anglais *flour*.

lir mon père quand il reviendrait de la tournée de ses pièges. Tous les matins, elle descendait au lac, humait l'air, regardait à l'est, au sud, à l'ouest, au nord... La veille de son retour, à la tombée du jour, elle faisait sa toilette, se coiffait, enfilait ses dessous fleuris, sa grande robe à carreaux. Elle disait qu'elle faisait comme la martre qui attend son amant.

— ... Mais tes dix ans...?

— J'y arrive! Le jour de mes dix ans, un 5 décembre, mon père revient justement de sa tournée. Ce soir-là, nous sommes tous réunis dans la tente. Nous avons mangé du poisson. Les lacs sont gelés et il y a beaucoup de neige. En soirée mon père se lève, fouille dans ses bagages, se plaint qu'il ne trouve rien. Moi je pense qu'il cherche son tabac à pipe. Finalement, il sort de son sac une carabine 22. À la lumière des bougies, elle luit comme une cenne neuve... Une 22 un coup! Il s'approche et me dit : "Tiens, Russel, elle est à toi."

«Pas possible. Je ne le crois pas. Pour moi, une 22 toute neuve qu'il cache depuis des mois, pour moi! Maintenant je pourrai chasser seul, comme un vrai chasseur, avec ma propre carabine! Je suis fou de joie.

« Quand le calme revient, mon père prend une balle de 22, me la tend et me dit : " Tiens, Russel, voilà ton repas de demain. Tu en auras une par jour. "

« Cette nuit-là, je n'ai pas dormi. Je comprenais maintenant la phrase de ma mère : manger pour vivre et non pas vivre pour manger. Je devenais un homme. Je devais gagner ma vie. C'est comme ça, il y a bien longtemps, que j'ai fêté mes dix ans. Je ne l'ai jamais oublié. »

Moi non plus, cette nuit-là, je n'ai pas dormi.

Chapitre 19

Nessipi

Grand-papa et grand-maman vivent aux abords de la réserve indienne de la rivière Désert, non loin de Maniwaki. Leur maisonnette est bien petite en comparaison avec l'immense territoire sur lequel ils ont passé tant d'années. Mais la vie sédentaire est devenue une mode et presque une obligation. Il faut sortir du bois, s'installer à demeure près des services gouvernementaux et de l'église.

De toute façon, la vie en forêt est de plus en plus difficile. Les bûcherons, avec leurs nouvelles inventions, sont partout. Leurs grosses scies mécaniques empestent l'huile, crèvent les tympans. Des engins d'enfer. Où et quand vont-ils s'arrêter? Les bulldozers labourent les forêts, creusent des routes dans la terre vive. Alors les chasseurs du dimanche s'amènent, de plus en plus nombreux, et tirent sur tout ce qui bouge.

Au fond de son carré de terrain, Nessipi[1] s'est construit une boutique à bois pour travailler. C'est aussi son refuge pour être seul et rêver. Il lui arrive, c'est vrai, de tenir des grands discours passionnés, mais au fond c'est un homme solitaire, un penseur. Dans sa tête et son coeur, mon grand-père est sans cesse en voyage. Il portage ses souvenirs dans les sentiers montagneux, les lacs et les rivières qui l'ont porté.

Nessipi ne connaît rien des problèmes matériels. Il dit «Je n'ai rien à moi, c'est comme si j'avais tout!» et laisse grand-maman, plus terre-à-terre, organiser la vie de tous les jours. Ce qui le préoccupe, ce sont les gens, leur bonheur, leur bien-être. À mon père il dit que les Blancs ont fait une erreur grave en inventant l'argent car l'argent fait croire à ceux qui en possèdent beaucoup qu'ils valent plus que ceux qui n'en ont pas. Un jour, croit-il, ils vont perdre leurs illusions et payer leur erreur très cher!

---

[1] «Petite rivière» en langue innue.

Quand nous descendons chez mes grands-parents, grand-maman surveille anxieusement notre arrivée par la fenêtre de sa cuisine. Elle sait que notre route a été longue et pénible. Assise au bout de la table, un oeil sur la route, elle raccommode distraitement une chaussette, coud un bouton de chemise, équeute des haricots de son jardin, pèle les patates. (Elle en fait toujours bouillir trop car elle aime les fricasser le lendemain.) À l'instant où notre auto se pointe le capot au bout du rang, elle lâche tout et se précipite sur le perron de la galerie. Je la vois, toute réjouie, s'essuyer les mains dans son tablier à carreaux bleus et blancs.

— Mosaïe de mosaïe, crie-t-elle en se tapant sur les cuisses, mon petit homme qui arrive !

La maisonnette a bien une porte d'en avant mais tout le monde passe par celle du côté, qui donne sur la cuisine d'été. L'autre cache un petit salon sombre, aux tentures épaisses et aux meubles austères. Elle est réservée aux grandes occasions : baptêmes, mariages, veillées au corps.

— Va vite dire à Nessipi que vous êtes arrivés !

Je m'engouffre à la course dans les deux cents pieds d'étroit sentier battu qui traverse les hautes herbes sauvages, frôle un bosquet de cerisiers, longe les cordes de bois de chauffage, contourne le jardin et enjambe une rigole avant de se coller enfin au mur de la boutique. Là je ralentis. Le coeur battant comme un marteau dans ma poitrine, je m'approche doucement de la fenêtre.

À travers les vitres voilées de poussière de bois et de toiles d'araignées, j'essaie de distinguer grand-papa, avec son éternelle chemise de flanelle rouge sombre aux manches roulées jusqu'aux coudes et ses *britches*[1] brunes soutenues par de larges bretelles Sheriff blanches croisées dans le dos. Je devine que Nessipi porte ses mocassins en peau d'orignal lacés jusqu'en haut des chevilles, et qu'il a replié en ourlet les bas de laine gris à bordure bleue que grand-maman lui a tricotés.

Ses lunettes à double foyer sur le bout du nez, penché sur une large planche de bois blond veiné, son pied-de-roi dans une main, son crayon de menuisier dans l'autre, il est sur le point de tracer une ligne. Le plancher est couvert de minces

---

[1] Pantalon d'étoffe bouffant.

copeaux frisés comme des rubans de Noël.

Je m'arrête à la fenêtre non seulement pour le regarder mais aussi pour le plaisir de l'entendre. Car dans sa boutique, Nessipi siffle. Il siffle un air qu'il a inventé et qui lui ressemble.

Quand papa mourra et que je me retrouverai tout seul, profondément déchiré, je me surprendrai tout à coup à siffler, instinctivement, l'air de Nessipi. Je comprendrai alors que siffler, c'est une façon d'oublier ses peines, ses inquiétudes, sa nostalgie, une façon de faire le vide, de bercer son coeur et sa tête. Siffler, pour moi, ce sera toujours reprendre mon souffle.

Nessipi sait que je suis là. (On dit dans la famille qu'il est «dur de la feuille» parce qu'il fait souvent la sourde oreille quand on lui pose une question, mais il a l'ouïe fine. C'est-à-dire qu'il entend ce qui lui plaît.) Poursuivant son travail, la mine absorbée, il se met à siffler un peu plus haut, un peu plus fort, un peu plus vite. Il siffle le sourire en coin. C'est ainsi qu'il se trahit...

Je pousse la lourde porte de bois. Les pentures grincent, Nessipi lève le nez. Le crayon à la main, il feint l'étonnement.

— Ben ça parle au diable. De la grande visite d'en haut! Mon sarpida[1], tu me prends par surprise!

Je me jette dans ses bras. Grand-papa sent la gomme de sapin.

Mon grand-père Nessipi est un magicien: il sait tout faire et le fait bien. Il a le geste lent et minutieux de qui aime travailler le bois. Sous mes yeux, depuis ma petite enfance, il a fabriqué des raquettes, des manches de hache, des avirons. («Mon aviron, dit-il, c'est mon troisième bras, le prolongement de mon corps. Je l'ajuste à la largeur de mes épaules, à la poignée de mes mains, à la longueur de mes bras.») Il connaît la forêt par coeur, du plus gros arbre à la plus fine brindille. Un vrai savant. Il sait nommer par son nom chaque arbre, chaque plante, tous les animaux à fourrure, à plume, à écailles. Il me fascine.

Après un brin de jasette, grand-papa range ses outils. À la maison, nous trouvons grand-maman qui prépare le souper. Nessipi va s'asseoir sur sa petite chaise droite au siège de babiche, près de la porte. Il prend sur le pavillon de son oreille son gros crayon rouge de menuisier

---
1 Garnement.

et le glisse dans la poche de sa chemise. Sa journée est finie.

* * *

Je devais avoir cinq ou six ans. Un jour, assis sur les genoux de mon grand-papa, je plonge ma main dans sa poche. À ma grande surprise, le fond est bourré de bran de scie sec. Son odeur de résine, les copeaux dans ses cheveux, les taches brunes veinées qui lui courent sur les avant-bras, le cou et le front comme dans le coeur d'un vieil érable... soudain je comprends : grand-papa Nessipi est un arbre !

Je me revois, une autre fois, sur ses genoux. Face à face, ses mains dans les miennes, il me dit :

— Es-tu prêt pour le grand voyage, Pien ?

— Oui ! Je suis prêt.

— As-tu un bon canot ?

— Oui ! J'ai un bon canot !

— As-tu des provisions pour l'hiver ? De la graisse, du sucre, du sel, des binnes, une grosse poche de fleur ?

— Oui, j'ai de la graisse, du sucre, du sel, des binnes, une grosse poche de fleur !

— Ta hache, ton couteau croche, ton filet de pêche, ta toile de tente, tes raquettes?

— Ma hache, mon couteau croche, mon filet de pêche, ma toile de tente, mes raquettes!

— Bon, tiens-toi bien. On part pour l'Abitibi!

À ces mots, ses genoux se transforment en canot porté sur les eaux. Guidé par le maître voyageur, je me laisse emporter par le courant. Nous partons doucement, en remontant le courant, louvoyant sur des eaux calmes, parfois mortes. Mais je reste sur mes gardes car Nessipi m'a déjà prévenu: «D'une fois à l'autre, sans crier gare, la rivière change de visage...»

Alors la vague raccourcit, le rythme accélère. Le temps d'un saut de rapides, je zigzague, je tangue, je pique. Puis nous reprenons le fil de l'eau. J'entends le clapotis sur les bords du canot, j'épouse son mouvement, sa cadence. Nessipi parle des vagues, des rapides, des chutes, des îles, des portages, des campements. Puis, soudain, l'eau bouillonne encore. Je suis emporté, projeté dans les airs, sur le point de chavirer. Les genoux de Nessipi s'ouvrent, je tombe dans le vide! À la seconde où je vais sombrer dans l'abîme, mon grand-père me rattrape, me relance dans les airs. Je retombe dans le trou du remous, complètement siphonné. Je crie à coeur perdu, je ris aux éclats, le souffle coupé, l'estomac tout à l'envers. Alors la voix de grand-maman me parvient à travers le vacarme :

— Ness ! Ness ! Arrête ! Ça n'a pas de sens. Le petit va en mourir. Tu lui fais mal !

Mais Nessipi est toujours au gouvernail. Une à une, haut et fort, il nomme les grandes rivières :

— Maniwaki ! Baskatong ! Outaouais ! Cabonga ! Victoria ! Harricana ! Abitibi ! Abitibiwinni ! Témiscamingue !

Quand il accoste enfin et met pied à terre, il m'empoigne et me renverse sur son dos.

— Un dernier coup de coeur pour le portage de l'Ours !

Nous grimpons à l'étage par le petit escalier qui craque puis nous revenons à la course jusqu'au poêle à bois. Et c'est là, dans des larmes de rire, que se termine notre voyage.

* * *

À l'automne de mes onze ans, dans le fond de la cuisine, la radio téléphone nous transmet un message urgent : *Nessipi est gravement malade, une maladie rare, la leucémie...* La voix est nasillarde, métallique. Elle explique que c'est le sang qui n'est plus bon. Qu'il est pourri. Et la voix répète le message. J'écoute. Pourri ! Shepouln m'explique que le sang dans les veines, c'est un peu comme l'eau des grandes rivières. Parfois, pour toutes sortes de raisons, il se corrompt.

Je suis consterné. Je ne savais pas que Nessipi pouvait mourir. Je n'accepte pas que Nessipi meure, qu'il ait du sang pourri. Je suis révolté. Nessipi, le sang pourri !

Grand-papa accepte d'être hospitalisé à Hull à condition de pouvoir apporter le précieux sac de toile blanche où il range sa petite hache, son couteau croche, sa lime et une pelotte de babiche. Le premier matin, à l'hôpital, il se lève à la pointe du jour. Une fine couche de neige recouvre le sol gelé. Il enfile sa chemise de flanelle rouge, ses *britches* brunes, ses mocassins dorés que grand-maman a brodés de fleurs vertes. Il prend son sac, descend l'escalier, sort par la porte de côté.

Prenant une grande bouffée d'air, Nessipi marche dans la neige jusqu'à une talle de beaux bouleaux, les examine, s'en choisit un. Il s'agenouille, sort sa petite hache et, par habitude, en aiguise le tranchant de quelques petits coups de lime. Quel bel aviron il fera de ce bouleau, un aviron léger, souple, qui s'enfoncera juste ce qu'il faut dans l'eau...

Une main lourde se pose sur son épaule. C'est l'agent de sécurité.

— Mais, monsieur, il est interdit de couper les arbres sur les parterres... Venez.

Nessipi retourne s'asseoir sur son lit. Toute la journée, sans bouger, il suit le soleil des yeux et les volées d'outardes qui cinglent dans le ciel. À la tombée du jour, lorsque le soleil disparaît derrière la montagne, Nessipi se couche à son tour et meurt.

Cette nuit-là, je contemple longuement les cieux tout constellés d'étoiles et je me dis que le plus beau feu de la Voie lactée, c'est celui de Nessipi.

Chapitre 20

La contrebande

Ça ne tourne pas toujours rond chez nos voisins. Nous sommes peu nombreux à le savoir mais il s'y déroule l'été des scènes de violence qui prennent tout le monde par surprise et font des blessés. Les lendemains de beuveries, les Indiens disent qu'ils n'y sont pour rien. Qu'un démon étranger s'est emparé d'eux.

Il y en a qui chantent, qui titubent, qui tombent dans un profond sommeil quand ils ont bu. D'autres cherchent la bagarre, laissant éclater toute leur haine, toutes leurs frustrations refoulées. Malheureux, dangereux, ils s'attaquent aveuglément à tout ce qui les entoure. Lorsqu'elle les voit tourner autour de la maison, ma mère nous barricade ou nous envoie chercher mon père. Shepouln arrive toujours à désamorcer les tensions les plus fortes. Il discute avec les hommes, les fait rire, les taquine, partage une bière avec eux, les reconduit à leurs tentes. Il croit que si les Indiens boivent, s'ils se saoulent si facilement, c'est pour braver la loi qui leur interdit de consommer de l'alcool, qui ne les considère pas comme des citoyens à part entière.

L'administration de la justice, chez les Indiens, relève de la Police montée[1]. Mais c'est connu, elle arrive toujours en retard. Les agents s'amènent en grosse voiture, tirés à quatre épingles dans leur costume flamboyant : on les voit venir de loin ! Quand ils débarquent, tout est redevenu étrangement calme, un calme d'eau dormante. Les hommes sont partis en douce pour la chasse. Les femmes, restées dans les tentes, le visage impassible, sont occupées à gratter les peaux ou à fumer les poissons. Rien ne les fera dénoncer leurs hommes. Devant la police, pas une n'est même capable de baragouiner l'anglais ou le français.

---

1 Gendarmerie royale du Canada.

Quant à mon père, il refuse de jouer le rôle d'interprète pour les agents, prétextant qu'il ne connaît pas bien la langue de ses voisins. Il ne veut pas avoir affaire à la Police montée. Et pour cause : c'est souvent lui qui refile la bière à ses amis Indiens quand ils en demandent. Parce que lui, le Métis, a accès aux tavernes et aux hôtels. Pas eux !

Le problème sévit depuis longtemps quand un jour les femmes, principales victimes des beuveries, décident de prendre les choses en main.

* * *

La plupart du temps, l'alcool transite le soir ou très tôt le matin, au petit pont de bois de la rivière Matamek, deux milles en aval du campement. Même si les risques sont considérables, je suis toujours du voyage. Shepouln et moi prenons mille précautions pour ne pas éveiller les soupçons, emportant les cannes à pêche et gardant la carabine 22 toujours bien en vue sur la banquette avant. L'air d'être partis à la pêche ou à la chasse, quoi.

Les caisses de bière, deux ou trois, sont dans le coffre, enroulées dans de vieilles couvertures grises. D'ailleurs, nous ferons d'une pierre deux coups : nous reviendrons avec les revenus de la vente mais aussi avec quelques belles truites rouges ou de grosses perdrix.

Les Indiens nous attendent en fumant sous le pont. Assis sur des pierres ou dans leur canot, ils sont invisibles de la route. L'échange est rapide, la marchandise payée comptant de main à main. Sitôt les caisses embarquées, ils reprennent le fil de l'eau et nous, la route poussiéreuse.

Ce sont toujours des hommes que nous connaissons bien. Toujours les mêmes. Des hommes de confiance. Marché conclu. Ni vu ni connu.

Un jour, le rendez-vous change de lieu. Mystère... Un mille passé le pont, il faut emprunter une ancienne route de halage[1], presque un sentier guéri[2].

Le soleil effleure déjà l'horizon quand la Ford s'enfonce dans la forêt dense. Lentement, elle avance entre les haies de trembles et les bosquets d'aulnes sur un sol sablonneux. De longues branches, fines et souples, balaient la carrosserie.

---

[1] De transport du bois.
[2] Où la végétation a repoussé.

Voici la petite clairière annoncée. À partir de là, nous progressons à pas de tortue, cherchant à tâtons notre chemin. Un silence lourd pèse sur nous. Il fait chaud, humide. Impensable d'ouvrir les fenêtres. Des nuées de maringouins dansent autour de l'auto, collent au pare-brise, prêts à se darder sur nous.

Après un trajet court qui nous semble interminable, nous apercevons enfin la rivière. Impossible d'aller plus loin.

— C'est ici, dit mon père d'une voix légèrement blanche.

Il immobilise la voiture, mais par prudence laisse tourner le moteur. L'embrayage en marche arrière, il balaie du regard les abords de l'auto à la recherche d'une silhouette connue. Rien. Rien que la forêt inquiétante et sombre dans le bruissement des feuilles et le ronronnement du moteur.

Tous phares éteints, nos yeux s'habituent à la pénombre... Tout à coup une tache se révèle entre les arbres. Dans le feuillage un buste est visible, et des yeux noirs étincelants. L'ombre immobile nous observe. Sur sa tête et ses épaules, un châle à carreaux. La forme se tient droite comme une statue d'église. Son visage est sévère, ses pommettes saillantes, ses lèvres épaisses et serrées.

Un deuxième buste apparaît. Puis un troisième. Imperturbables, ils nous encerclent. La forêt est peuplée de femmes drapées, aux bras croisés sur la poitrine. Très lentement, nous faisons marche arrière. Mon père, le cou tordu, cherche les traces de pneus encore fraîches dans le sable humide.

Les femmes marchent maintenant sur nous. Accompagnées de leurs filles, vêtues elles aussi d'un long châle qui leur va aux chevilles, elles forment une haie mouvante qui nous fait cortège. Mon père continue de reculer, lentement et d'un rythme égal pour bien montrer que nous avons compris. Les ombres sont si nombreuses qu'elles obstruent la vue. Les longues robes fleuries frôlent les portières et les ailes. Pouce par pouce, avec infiniment de prudence, nous atteignons finalement la route principale. Engageant bruyamment la voiture en première vitesse, mon père allume les phares. Dans les faisceaux jaunâtres le spectacle est redoutable: une colère sourde, palpable dans l'air, se lit sur les masques de pierre aux yeux perçants. Des corps droits, fiers. Des poings fermés le long des hanches.

Les femmes nous ouvrent à peine un passage. Le message est clair. Nous rentrons à la maison.

Ce fut notre dernière livraison d'alcool.

Chapitre 21

Le progrès

Finis les bains du samedi soir debout dans la grande cuve. J'ai treize ans après tout. Nous avons une vraie baignoire! Une grande baignoire blanche. Croyant bien faire, mon père fait installer aussi un «frigidaire», une cuisinière et, au plafond, des lampes au gaz propane. Mais le gaz fait peur à ma mère. Elle n'ose pas allumer le four de peur que tout lui saute en pleine figure. C'est moi qui m'en charge.

Quand j'introduis l'allumette dans le trou du pilote, Flore se tient loin. Tout de suite, elle fait le tour de la maison, le nez en l'air, reniflant les tuyaux de cuivre. Elle inspecte, cherche les odeurs suspectes, une fuite... Sa lampe Aladin est rangée dans le grand placard à portes coulissantes de sa chambre à coucher. Pas très loin, à la portée de la main, au cas où le gaz viendrait à manquer.

Mais ma mère ne profitera pas longtemps de ce nouveau confort domestique, de la modernité qui envahit les camps forestiers comme un raz-de-marée. C'est qu'elle dépérit. Elle est devenue maigre comme un chicot. À tel point que son dentier ne lui fait plus. Son teint a pris une couleur jaune pâle de foin séché. Elle n'a plus que la peau et les os, se traîne de son lit à la cuisine du matin jusqu'au soir. Son médecin décide enfin de l'«ouvrir» pour évaluer l'étendue de son mal. Hospitalisation d'urgence à l'Hôpital Général d'Ottawa. C'est mon père qui l'y emmène. En passant, il laisse ma soeur au couvent. Dorénavant elle sera pensionnaire. Ma soeur, presque une étrangère...

Au retour, Shepouln a l'air songeur. Il est bien évident que Flore n'en a plus pour longtemps.

Presque en même temps, la Compagnie lui laisse entendre qu'il sera bientôt affecté à d'autres tâches, qu'il deviendra préposé au *switchboard*[1] à Maniwaki. Responsable des communications, comme ils disent. Puisqu'il parle anglais et français, connaît tout le monde...

En fait, on lui dore la pilule. Au cours des années, la fonction de commis de chantier s'est compliquée. En période de pointe, la Compagnie emploie maintenant des milliers de travailleurs forestiers dispersés dans des dizaines de camps sur un territoire grand comme un pays. Les chevaux, les haches, les scies sont remplacés par des débusqueuses, des tracteurs, des tronçonneuses. Jour et nuit, d'énormes camions sillonnent un réseau de routes tentaculaires, vidant la forêt de son bois à un rythme effarant.

Vivre en ville, se répète-t-il, c'est un pensez-y bien! Passer ses journées au téléphone à placoter à gauche et à droite, de 9 h du matin à 5 h de l'après-midi, lui, un homme de terrain? Non!

Si mon père s'exile en ville, il faudra bien que je parte moi aussi. L'étau se referme sur nous tous. Discrètement, je suis de près tout ce qui mijote dans la tête de Shepouln. Et lui devine mon inquiétude.

---

1 Central téléphonique.

Un beau jour, en début de soirée, nous partons faire une promenade en auto. Shepouln aime la douce lumière de la fin du jour, pure et limpide.

— Regarde comme c'est beau, me dit-il en pointant un lac, le coucher du soleil, des nuages aux formes bizarres dans le ciel.

Un pont, rouge, enjambe maintenant la Matamek et donne accès à la communauté indienne, devenue depuis peu une réserve. Les tentes ont disparu, remplacées par les petites maisons déjà délabrées du ministère des Affaires indiennes. Des carcasses d'automobiles et de camionnettes rouillées traînent un peu partout de part et d'autre d'un chemin plein de trous. Les chasseurs sont encabanés à ne rien faire.

Ce soir-là, toute cette laideur me prend aux tripes. La civilisation me fait horreur. Mon père, qui sent mon désarroi, me tapote amicalement la cuisse de sa grosse main. J'ai le coeur gros.

Chapitre 22

Le feu de forêt

L'été est sec comme jamais, poussiéreux, venteux, dangereux. Après un hiver sans neige, un printemps sans pluie, la Matamek se traverse maintenant à gué ; les Algonquins viennent nous visiter à pied.

Des feux dévastateurs font rage dans la région aussi bien qu'en Haute-Mauricie, sur la Côte-Nord et en Gaspésie. Des centaines de milles carrés de forêt québécoise disparaissent en fumée.

La Compagnie est nerveuse. Elle se tient sur un pied d'alerte. Sur les montagnes les plus hautes, ses garde-feu font le guet dans des tours d'observation. Tous les soirs mon père doit inscrire l'indice d'inflammabilité sur un long thermomètre monté sur un panneau. Quand le chiffre rejoint le rouge, il est strictement interdit de circuler en forêt.

Après le souper, nous nous rassemblons autour de notre poste de radio, l'innovation la plus appréciée de mes parents. L'énorme meuble en bois massif sombre, branché sur une batterie Eveready, trône dans le salon. Quelques minutes avant l'éternel *Chapelet en famille*, récité par le cardinal Léger, mon père lance:

— Silence, c'est les nouvelles!

Et c'est ainsi que nous suivons l'évolution des feux dans la province.

Partout, les puits sont à sec. La Compagnie est forcée d'ouvrir ses barrages pour alimenter en eau les villes d'en bas. Les immenses réservoirs artificiels se vident à vue d'oeil, offrant un spectacle des plus désolants, en certains endroits horrifiant.

À perte de vue des plages émergent, hérissées de hautes souches noires, visqueuses, enchevêtrées de billots pourris; des barils d'essence vides rouillent, à moitié ensevelis dans le lit boueux des lacs. Mais il y a plus triste et lugubre encore. Ce sont ces forêts noyées vivantes, en bois debout, qui réapparaissent comme des fantômes, des morts ressuscités pour harceler les vivants. Des milliers d'arbres squelettiques lèvent désespérément les bras au ciel, des lambeaux d'écorce pendant de leurs branches comme des vêtements calcinés. Ces forêts mortes me donnent froid dans le dos.

Un matin, ce qui était à craindre se produit. Un surveillant signale en catastrophe deux colonnes de fumée dans la région du lac Courchesne, à la décharge de la rivière Pogan. Le brasier est tout près, à une dizaine de milles à peine du camp.

On dirait que tout le monde lâche un long soupir. L'action est moins préoccupante que l'attente. Au moins nous savons maintenant à quoi nous en tenir.

La guerre au feu est déclarée. Les hydravions de reconnaissance décollent pendant que les camions chargent les pompes, les rouleaux de tuyaux, les scies, les pelles, les extincteurs à dos. Alors les équipes, surgies en moins de temps qu'il n'en faut pour le dire, partent à l'assaut de l'incendie. Elles ont pour tâche de combattre le feu en faisant le vide autour de lui, de défricher plus vite qu'il ne dévore, de le court-circuiter. Pour cela il faut bulldozer, arroser, écraser, prier pour que le vent tombe, pour qu'il pleuve. Mais les hommes, s'ils sont vaillants au travail, ne prient pas trop fort car la paye est bonne. Pour plusieurs, le feu est une manne imprévue, toujours la bienvenue.

Le vent s'est levé, venant de l'est. Sournois, furieux, rusé, hors de lui. Il souffle vers nous le brasier déchaîné. Le pire peut arriver.

Au camp, une forte odeur de bois carbonisé nous empêche de respirer. Des tisons flottent dans l'air, poursuivis et arrosés par les équipes volantes. Les heures passent. Le ciel s'obscurcit, l'air se raréfie. Sommes-nous le jour ou la nuit? De gros nuages rougeauds roulent à l'horizon au-dessus de la nature révoltée. Les orignaux, éperdus, s'enfuient sur les routes, ne sachant plus où donner de la tête. Je les vois qui foncent droit devant, traversent le dépôt en courant et se jettent dans l'eau du lac Rond, qui n'est plus qu'une mare de nénuphars au milieu d'un marais. Toutes les familles ont été évacuées d'urgence et tous les hommes disponibles sont au front. Les Algonquins, connaissant bien le terrain, servent de guides. D'autres volontaires arrivent par autobus pleins. On les logera, on les nourrira le temps qu'il faudra.

À aucun moment, je ne m'éloigne beaucoup de mon père. Nous nous gardons à l'oeil, lui et moi. Au coeur du drame, Shepouln oublie ses autres tracas, occupé qu'il est à gérer le matériel requis dans les endroits stratégiques. En communication constante avec les tours de surveillance, il s'enquiert de l'étendue de l'incendie et de sa progression, relayant à mesure l'information au siège de la Compagnie.

Moi, je m'occupe de la pompe à gaz. Les camions, à la queue leu leu, font le plein pendant que j'enregistre : numéro du véhicule, nom du chauffeur, destination. Je m'informe de l'état des routes. Les chauffeurs se plaignent de la mauvaise visibilité. Dans les vallées, la fumée épaisse colle au sol.

Tout à coup, je vois arriver mon père au volant de son auto. Vite il m'explique que la cabane de Russel est encerclée par les

flammes. Mon père, qui sait exactement où
elle se trouve, s'est fait remplacer pour une
heure. Nous avons juste le temps de faire
un aller-retour. Mush est déjà sur la
banquette arrière. Nous décollons à toute
vitesse.

En quelques mois mon compagnon
Mush a pris un sérieux coup de vieux. Je
ne le reconnais plus. Sourd, presque
aveugle, il est courbaturé et marche avec
difficulté. Sa vie se limite à tourner autour
de la maison. Il a perdu le sens de l'orien-
tation. Il est grognon, aboie sans cesse et
sans raison, veut mordre les passants. Il est
triste à voir. Mon compagnon depuis
quatorze ans! Son seul plaisir c'est de se
balader en auto. Comme d'habitude, je l'ai
couché sur la banquette arrière de la vieille
Ford ce matin. Ce soir je le déménagerai
sous mon lit.

Chapitre 23

J'écrirai !

Je suis couché, le corps droit comme une planche dans un lit étroit, le cou dans un carcan, sans oreiller. Le matelas est dur comme du bois, le drap tiré me serre les jambes et l'estomac, m'empêchant de bouger. Je suis pris comme une momie. Le plafond est blanc. Il y a des odeurs d'éther dans l'air.

Je ferme les yeux. La route. Les flammes. La fumée. Un camion fou. La main de mon père devant ma figure. « Attention ! Attention ! Le camion ! » Un terrible coup de masse sur une enclume. Un choc qui casse en deux. Un bruit effroyable de tôle arrachée. Les vitres qui éclatent en mitraillant. L'auto qui roule sur elle-même, culbute et rebondit. Je suis cul par-dessus tête... Silence. Engourdissement, voix sourdes, lointaines. La poussière et le goût du sang. Le noir, la tête lourde. «Attention! Attention! Le camion!» Et cette main ouverte devant moi, «Attention! Pien!»

La porte s'ouvre. Elle se penche sur moi. Je reconnais l'infirmière. Mon père?

— Il est dans la chambre d'à côté. Il veut te parler.

Elle parle sur un ton feutré, défait mes draps, me libère. Je suis en pyjamas rayés! C'est la première fois de ma vie que je porte des pyjamas. Dans mon esprit, ça ne se porte qu'en ville. L'infirmière m'aide à m'asseoir dans une chaise roulante. Elle murmure, la main sur mon épaule:

— Sois courageux!

Je ne comprends pas trop ce qu'elle veut me dire. Elle me pousse. Nous roulons en silence.

La salle est étroite, haute, sans fenêtres. Ce n'est pas une chambre de malade car il n'y a pas de garde-robe ni de table pour manger. Que des instruments luisants en *stainless*[1].

---

1 Acier inoxydable.

Mon père est couché sur une civière. Sous le léger drap blanc, on lui a laissé ses vêtements déchirés, imbibés de sang. J'enregistre tout ce qui est visible du premier coup d'oeil. Il est mal en point.

Ses pieds sont renversés. Il a les jambes brisées. Son thorax est bombé, son visage tuméfié.

Le médecin est debout à ses côtés, tout en vert pomme. Je remarque qu'il n'y a pas de chaises dans la salle. L'infirmière me pousse à la hauteur de mon père. Sidéré, je me concentre, je plonge au plus profond de mon être pour refaire mes forces.

L'air siffle dans l'air. Mon père respire par une fente pratiquée au fond de sa gorge. Je vois dans ses grands yeux bleus qu'il est conscient, qu'il est inquiet. Il sait que je suis là. Je le vois sur ses lèvres boursouflées. Il veut parler. Ses poumons se gonflent. Le médecin lui prend l'avant-bras gauche avec précaution, dépose sa main sur son thorax. Shepouln met son index sur l'ouverture de sa gorge, bloque l'air et murmure d'une voix rauque et douce comme un filet d'eau :

— Pien, ça va ?

Il a réussi à tourner légèrement la tête et me voit du coin de l'oeil. Il aspire, bloque à nouveau.

— J'ai voulu...

Je pose ma main sur son bras. Il arrête de parler. Ses yeux s'embuent. J'ai besoin de le toucher, de le sentir. J'arrive à lui dire:

— Je sais, j'ai tout vu.

Il aurait pu couper à gauche, tenter l'ultime manoeuvre pour éviter la colli-sion. Mais c'est moi alors qui risquais de prendre le coup de plein fouet. Il a préféré me protéger de sa main, de son corps. Il sait que j'ai tout compris. Il reprend son souffle, profondément, péniblement. Ses yeux enflent, brillent, roulent. Il fait un effort surhumain. Bloque. Me dit:

— Pien, écris!

— Oui papa, j'écrirai.

— Écris! que je suis bien, que je suis content, que je vous aime tous.

À bout de souffle, il retire son doigt de l'ouverture. Mais l'air n'entre pas. Ne siffle plus.

La petite salle n'est plus que silence, calme et tranquillité. Le médecin prend le pouls de Shepouln sur son thorax immobile. Il me regarde d'un air peiné, me fait signe que non, les lèvres serrées. C'est fini.

Je serre le bras de mon père entre mes deux mains. J'appuie mon front sur son épaule. Jamais je n'aurais cru aimer cet homme à ce point. Jamais je n'aurais cru l'amour si émouvant, si fort, si puissant. Jamais je n'ai ressenti dans tout mon être une telle plénitude. J'aime sa chair, son corps, son odeur qui se mêle à celle de la terre, des herbes, de la fumée qui sèchent dans ses plaies, imprègnent ses cheveux, sa peau, ses vêtements. J'aime mon père comme s'il était mon enfant et je pleure avec tristesse et bonheur toutes les larmes de mon coeur. Car dans ma très grande douleur il y a de caché le germe du bonheur.

Table des matières

Dans la même collection :

LA DÉRIVE
Nicole M.-Boisvert
Annette, désespérée après la mort de Mathieu, s'embarque pour l'inconnu à bord d'un petit voilier. Dans son coeur, la réalité exaltante du voyage se heurte à ses tristes souvenirs. Mais la Vie, pleine de richesses et de dangers, a raison de tout. Même du plus grand des chagrins.

LA PROIE DES VAUTOURS
Sylvia Sikundar
La sécheresse sévit en Afrique. Qui doit-on aider en premier ? La population affamée ou les animaux de la savane décimés par les braconniers ? Un récit d'aventure et de mystère qui affronte un profond dilemme de l'humanité.

COUPS DE COEUR
Nicole M.-Boisvert
Christiane Duchesne
Michèle Marineau
Michel Noël
Sonia Sarfati
Cinq auteurs. Cinq cadeaux. Un seul hymne à l'aventure et au rêve.

LIBRE
Claude Arbour

Debout derrière ses chiens de traîneau sur une route de neige ou en canot sur un lac paisible au crépuscule, Claude Arbour parle de son quotidien. Il vit isolé dans la grande forêt laurentienne depuis des années.

SUR LA PISTE!
Claude Arbour

Claude Arbour poursuit ici le remarquable récit de sa vie dans les bois, à l'écart de la civilisation moderne. Comme dans *Libre!*, il nous entraîne avec lui à la découverte de la vie qui bat tout près : castors, loups, huarts à collier, balbuzards...

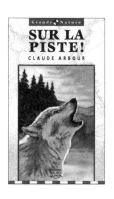

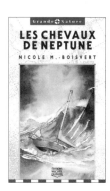

LES CHEVAUX DE NEPTUNE
Nicole M.-Boisvert

Annette n'en peut plus. Depuis le début de la longue traversée de l'Atlantique en voilier, elle sent grandir le fossé qui la sépare d'Isa, sa précieuse amie d'enfance. Entre les deux : Raphaël. Il faudra à Annette l'épreuve de la tempête, la plus terrible, celle qui met en face de la mort, pour mettre de l'ordre dans son coeur.

Métrolitho
Sherbrooke (Québec)

 IMPRIMÉ AU CANADA
SUR PAPIER ALCALIN